幽蘭劫

八面山的爱与梦

维扬◎著

当代世界出版社
THE CONTEMPORARY WORLD PRESS

图书在版编目（CIP）数据

幽兰劫：八面山的爱与梦 / 维扬著. -- 北京：当代世界出版社, 2025. 8. -- ISBN 978-7-5090-1936-8

Ⅰ. I247.5

中国国家版本馆 CIP 数据核字第 20251EJ933 号

书　　名：幽兰劫——八面山的爱与梦
出 品 人：李双伍
监　　制：吕　辉
责任编辑：高　冉　田梦瑶
出版发行：当代世界出版社
地　　址：北京市东城区地安门东大街 70-9 号
邮　　编：100009
邮　　箱：ddsjchubanshe@163.com
编务电话：(010) 83907528
　　　　　(010) 83908410 转 804
发行电话：(010) 83908410 转 812
传　　真：(010) 83908410 转 806
经　　销：新华书店
印　　刷：北京兰星球彩色印刷有限公司
开　　本：880 毫米 ×1230 毫米　1/32
印　　张：5
字　　数：76 千字
版　　次：2025 年 8 月第 1 版
印　　次：2025 年 8 月第 1 次
书　　号：ISBN 978-7-5090-1936-8
定　　价：78.00 元

法律顾问：北京市东卫律师事务所　钱汪龙律师团队　(010) 65542827

第一章

重庆东南部的层峦叠嶂间，一座青灰砖墙与木质梁柱构筑的瓦房静卧在梯田环绕的山坳里。葱郁的原始森林如同翡翠屏障拱卫四周，鸟鸣啁啾此起彼伏，晨雾在林梢织就轻纱。清冽的山溪宛若跌落凡尘的银链，携着泠泠清音穿村而过，将碎玉般的水花遗落在嶙峋的卵石之间。眼前的大自然就是这样宁静和美丽。

院落前的青石晒场上，一位身穿阴丹蓝上衣的少女正倚着斑驳的竹椅享受自然的风光。她身上的斜襟布衫虽已洗得泛白，却衬得她乌檀木般的长发越发润泽，那双机敏灵动的大眼睛像盛着林间晨露般清亮，眸光流转间还流露出几分慧黠。纤细如春柳的身量较同龄人矮了半头，也显出了几分不合年龄的稚气。

作为家中第三个女儿，她承载着父母未竟的期许降生——“星儿”这个刻意缀着男儿称谓的名字，既是遗憾的注脚，也意外成了十里八乡传诵的传奇：都说付家幺女有颗七窍玲珑心，山雀啁啾她能译作诗行，溪水叮咚她可谱成曲调，连飘过瓦檐的云絮都能被她裁作故事的衣裳。

她有一个勤劳朴实又善良的父亲，是乡里出了名的能工巧匠，木工、漆工、雕绘、书法，什么都会。每天从早到晚，他不是手握工具敲敲打打，就是提起笔来写写画画，或者是下地薅薅刨刨，总是在平凡之中显露出过人之处。官者慕名求见，众邻敬仰有加。他自制的生产农具，无不精美好用。精美得让人爱不释手，好用得让人劳而不累。从犁头扫把到镰刀斧头，没有哪一件不好看不好用。他没有当过老师上过讲台，但只要跟他交往接触过的人，都视他为心目中可敬仰的老师，受他潜移默化影响的学生遍布四方。父亲视星儿为掌上明珠，从小教她读书识字，教她持家做人，教她为人处世。

母亲更是宠爱星儿到了极点，含在嘴里怕化了，握在手上怕紧了。在星儿还不满五岁的时候，母亲就把她当作朋友，从不动手打她，也从不开口骂她，从小教育她勤动脑勤动手，自己的事情自己做，教她纳鞋底鞋垫，教她画画刺绣，教她缝补浆洗，教她使用厨具做饭，教她培土种菜栽花。不论教什么，星儿都用心听、用心记、用心做，不论做什么都做得像模像样。她也从不辜负父母的期望，不论做什么，一点就通，一学就会。

然而，天有不测风云，人有旦夕祸福。一场突如其来的山洪，彻底改变了星儿的人生，吞噬了她全家人的生命。只有星儿，侥幸让一排大浪抛到一棵古树的枝椏上，才得以死里逃生。当她昏头昏脑地醒来时，发现自己被卡在了树上。看着浊浪翻滚的洪水，她内心充满了茫然和恐惧。

她从未见过洪水，也不知道该怎么办，她只有等待，等洪水消退以后，才从树上慢慢梭[①]下来，裹着一身被树枝划破了的湿漉漉的衣服，挪动着早已不听使唤的双脚，走走停停，停停走走。不知走了多久，星儿才走回付家沟。

她家是一方有天井的三合庭院，院子里有由条石砌的阶沿，用薄石铺的院坝干净整洁，院坝中间还安放着一张

① 梭：四川方言，滑行。

大石桌。高大的桂花树枝繁叶茂，婀娜多姿的梭罗树盘根错节，与一棵上百年呈“之”字形的梅花树相映成趣。厨房、客房、正堂的门楣上分别张贴着富有诗意的对联——“桥头看月色如银，枕畔听流水有声”“一勤天下无难事，百善家中育好人”“三春杨柳传诗意，满眼江山如画图”。这个曾经给她带来无数快乐的世外桃源，在这场洪灾之后已经恍若隔世，成为记忆。

待她抬头一看，石拱桥溪边的吊脚楼木屋没有了，慈祥的爹娘和两个知冷暖的姐姐不见了，就连和她朝夕相处的小狗小猫也不知去向。她蹲在光溜溜的屋基上，边想边哭，边哭边想，脑子想痛了，眼泪哭干了，哭声惊扰着树上的鸟儿。不知是哭累了，还是哭哑了，或是哭得没有了一点力气，最后晕倒在老屋基的青石板上。

不知过了多久，星儿昏昏沉沉地从噩梦中醒来，好不容易找到一把小刀和一块木头。一边回忆爹娘的音容笑貌，一边把注意力放在刀尖上，一边追思，一边雕刻。她要把生她养她的爹娘刻在木头上，她要把比她大不了多少的姐姐刻在爹娘身旁，她要把刻在木头上的爹娘和姐姐揣在身上。

在这个世界上，有一种比金钱和生命还贵重的东西，那就是爱。一个人来到人间，当有一天需要离开时，连一片云彩也带不走，只带得走无与伦比的爱。人类对爱的理解一向含蓄，爱常常发生在人与动物、人与植物，特别是人与人之间。父爱、母爱、情爱、友爱，无论哪一种爱，都以特有的方式来展现。爱羞于表达，疏于张扬，但细致入微，巍峨如山。

她刻呀刻，从清晨刻到黄昏，又从黄昏刻到了天明。哪怕握刀的手都刻疼了，亮晶晶的眼睛都刻昏花了，还是不放弃。刻着刻着，她又昏睡过去了。睡梦中她回想起父亲教自己练习雕件时的教诲：“木有木之气，人有人之气，这气无处不在。要在雕件上表达出气势，气大则势大，气小则气弱，循自然顺势而为，在似与不似中找到容貌形态的神韵。”

当时的星儿还不完全懂得什么是人生，更不懂得人生充满着爱。当她蹲在老屋基上，一次又一次昏睡过去时，她才明白，原本这就是她爱山爱水爱花爱草，尤其是爱爹娘爱亲人的一种表达和寄托。星儿把刻好了的雕像揣在怀里，让他们每时每刻陪伴着自己，陪伴一个尚不懂得人间疾苦的少女走向一无所知的明天。

第二章

这是在哪儿？星儿醒来时，发现自己仰卧在一张古色古香的木床上。她摇晃着小脑袋，眨动着一双会说话的眼睛，一会儿朝左看看，一会儿朝右瞧瞧，最后将目光落在床前的丫头身上。

“老爷！她醒过来了。老爷！她醒过来了。”

丫头的惊呼，让星儿似乎明白了什么。她一骨碌从床上爬起来，掀开被盖，猛地跳下床，走到老爷面前，跪在地上，像鸡啄米似的一连磕了几个响头。

老爷看着眼前的小姑娘，虽然衣衫褴褛，脸上一点血色都没有，但一张秀气的瓜子脸上镶嵌着匀称的五官，尤其是那双十分招人喜欢的眼睛，尽管饱含着凄迷和无助的泪水，却依然亮晶晶的，楚楚动人。

在老爷看来，这根本不是一双眼睛，而是两颗纯洁无瑕的美玉。

丫鬟悄悄告诉星儿，这里是将军府。身边的老爷就是将军。老爷和副官去山里打猎时，路过她们村庄。村庄刚刚遭遇洪灾，洪水毁掉了整个寨子，房屋全部被冲倒，幸存的村民已经全部逃离。老爷带着副官进村搜寻，看到了晕过去的星儿，这才让副官把她抱到马上，带回了家。

老爷见星儿长得如此俊俏，犹如天仙下凡，还生着一双十分讨人喜欢的眼睛。他把星儿叫到跟前问道："小姑娘，你叫什么名字？家里有些什么人？家住什么地方？"

星儿抬起头，滴溜溜地转了转眼睛，看着对方回答道："我姓付，名叫付星儿，家住北山村付家沟。全家都不知去向，或许是被洪水……"

老爷听后，弯下腰来，抚摸着星儿的头，关切地说："嗯。苍天有眼，把你留下来，你应该高兴是不是？如果你愿意，从此以后，这儿就是你的家！"

后来，星儿才慢慢弄明白，将军是军队里面的大官，他戎马一生，身经百战，战功卓著。她还得知将军有不止一位义子，周军和胡刚都是将军收养的义子，也是他的心腹。

老爷家里有看门的、养花的、煮饭的、扫地的、抹屋的、端茶递水的，数不清的下人；老爷家的房子又高大又宽敞，走马转角，七弯八拐，数不清有多少幢、多少间；老爷家的房子雕龙画凤，飞檐翘角，廊柱、门框、窗户漆得红彤彤的；老爷家还有好大一个花园，花园里什么花草树木都有，还有关在笼子里会说话唱歌的鸟。

星儿心想，自己没有了家，没有了爹娘，这是命是运？哪怕现在住在将军府，可没有家没有亲人，让她怎么也高兴不起来。晚上闭上眼睛，她就会想爹想娘，想比她大不了多少的两个姐姐，想到黯然神伤，泪水涟涟。

祸兮福所倚。星儿自从来到将军府，很快就得到了周军和胡刚明里暗里的关照。

周军和胡刚比星儿稍长一些，也是两个苦命的孩子。他俩是在街上乞讨时被将军发现的。那天下午，将军穿着便装去戏楼看戏，正好撞到街上的泼皮牛二在欺侮两个孩子。牛二抢了两个孩子讨来的几个铜板，两个孩子拦住牛二不让他走。牛二耍起泼皮，要他们从他胯下爬过去，或者叫他一声爷爷，才肯把钱还给他们。周围围了一圈人，两个小孩和牛二就站在人群中间。两个孩子虽然穿得脏兮兮的，但一点也不胆怯，各自攥着一根打狗棒，两眼狠狠地盯着牛二。周围的人不断起哄，牛二嬉皮笑脸地挑逗着孩子。没承想，两个孩子趁牛二转头的工夫，使足全身之力猛然朝他撞去。牛二冷不防地被撞翻在地，摔了个四脚朝天。两个孩子立即冲出人群，朝着对面的一条小巷一溜烟跑了。围观的人哄堂大笑，牛二拍了拍身上的灰尘爬了起来，感觉受到了奇耻大辱，“嗖”的一声拔出腰刀就去追两个孩子。

将军顿感要出事，赶忙叫副官把牛二拦住，走上前去严厉训斥了牛二一顿，还丢了一锭银子给他，让他放过那两个孩子。牛二见是将军出面，吓得赶忙跪下求饶，捡起地上的银子灰溜溜地走了。将军知道牛二不会善罢甘休，等牛二走后，他就打发手下的家丁四处去找这两个孩子。

北碚县城不大，不到半天工夫，家丁就在一座破庙里面找到了他们。当时，两个孩子蜷缩在菩萨像背后，互相依偎着睡着了。家丁把他们带回了将军府，将军见两个孩子年龄虽小却长得很精神，加之亲眼见了孩子和牛二对峙时的表现，由此产生了怜爱，把他们收留了下来。让他们白天去私塾里面念书、习武。不到两年的工夫，两个孩子已经长高了一头，逐渐透出英武之气。将军很是喜欢，经常把他们带在身边。

星儿来了之后，将军对待她就像女儿一样呵护，不仅什么事都不让她做，还专门为她聘来先生，教她读书写字、画画弹琴。没过多久，又让人教她习武，让周军和胡刚做她的陪练。因为三人是同一个习武师傅，所以他们也成了师兄妹。

星儿从小聪慧机灵，又有识文断字的基础，学起来一点也不费劲儿。再加上星儿骨子里还透着股习武的天分，习武比读书、练琴、做针线还舍得花功夫。男子练的什么童子功、二指禅、大洪拳、小洪拳，她都学都练。弓步、马步、扑步、虚步、手倒立这些基本功训练，完全不在话下。从半炷香练起，练到两炷香，越往后练，要求越高，时间越长，体力消耗越大，可她从不服输。要是实在不行了，便咬紧牙关，把劲儿一鼓，一次又一次地都能挺过去。扫堂腿、旋风腿、外摆内摆腿，练得比男子还起劲儿，因为她想通过勤学苦练来忘记那些让人伤心的事。

夏练三伏，冬练数九，闻鸡起舞。星儿在胡刚和周军两位师兄的轮流调教陪练下，从未落下过一时半刻。几年下来，练就了一身实打实的功夫，其中包括一手疾如闪电、劲道十足、百发百中的弹指功。

第三章

女大十八变，越变越好看。后来，除了有战事和重要公务外，将军走到哪儿就把星儿带到哪儿。

他是星儿的救命恩人，星儿把他当作再生之父。在父亲面前，女儿不能不听父亲的话，更不能不尽孝。孝父母就是顺父母，顺父母就是孝父母——早年星儿的母亲经常这样教育她。

将军府上下几十个人，不论男女，不分老少，谁都喜欢星儿。可是喜欢归喜欢，谁也不敢有半点非分之想，谁也不敢起邪念。

星儿是将军捡回来的，又是将军心尖上的人，将军便让她把将军府当作自己的家。将军府上下，除了将军一人，谁会有资格有权力去喜欢星儿呢？可是不敢归不敢，臆想归臆想。不敢是慑于老爷的威仪，臆想是发自内心的情愫。

胡刚就喜欢星儿，对星儿朝思暮想，不但把一身功夫毫不保留地教给了星儿，还把喜欢变作全身心地付出。这样的付出源自胡刚对星儿的爱，爱一个人可以爱到把自己所有的一切给予对方。从这个角度上讲，这种爱是无私的，是不计成本的。而胡刚为什么爱星儿？是她的遭遇，是她的品格，是她的美貌，赢得了他的爱。

周军也喜欢星儿，他像大哥哥对待小妹妹一样，把喜欢放在心上，小心翼翼地暗中保护着星儿。一有空闲就给星儿摆龙门阵，常常把她逗得开怀大笑。

周军对星儿的爱不像胡刚，不带目的，不带杂念。所以，在星儿心里，最喜欢的是周军，在没有旁人的时候，她什么称呼都不叫，只是悄悄地叫周军哥哥。

在星儿年满十六周岁时，将军当众将其收为义女。那日，将军府内外张灯结彩，仆人们杀猪宰羊、煎鱼卤鹅，扫完庭院就操起炊帚涮鼎罐，丢了扫把就舞锅铲，忙得脚不沾地，却个个喜笑颜开。

全府上下无论男女老少皆身着盛装，无一人缺席。将军府还广发请柬,邀来各级政要与社会名流。最隆重的规格、最热烈的场面、最新颖的方式，将将军府装点出欢庆佳节的非凡气象。

主宾位置上，除了将军和星儿，周军和胡刚作为护卫，分列左右，寸步不移，守在将军身边。

正午时分，由司仪隆重宣布:“全体起立！奏乐鸣炮！”接下来，司仪认真地进行着程序。

星儿跪在将军面前，双手接过酒杯，举盏齐眉道:“义父在上，请受星儿三拜！”将军一手捋住胡须，一手扶起星儿道:“好！好！好！”将军当着将军府上下百多号人，亲赐金钥匙和金饭碗给星儿。谁知这只是掩盖将军恶行的面纱。当晚，将军便按捺不住，想要对星儿下手了。

在电闪雷鸣的夜晚，老爷的丫鬟丁香捧着燕窝羹往书房去，碰巧看见星儿正拼命挣脱老爷的控制……

丁香下意识想离开，可不巧发出了声响，惊动了老爷。

趁着老爷晃神的工夫,星儿连忙逃了出去。她去找周军，求他帮自己逃出将军府。

第四章

星儿和周军从将军府逃出来之后，慌不择路，一口气跑了十多里路，才在山崖边找了个被草丛遮住的岩洞躺下，准备眯一会儿。

他俩出逃后，老爷给胡刚下了一道密令：活要见人，死要见尸。

“周军哥哥，你说老爷会派出他的军队追杀我们吗？”星儿从梦中醒来，开口问道。

周军赶忙捂住星儿的嘴巴，让她把声音压低些。

“周军哥哥，我恨老爷，恨不得一拳头打死他。可我又不能不感激老爷，没有他就没有我，没有他也就没有你。

你说该怎么办？周军哥哥。”

“星儿妹妹，我们已从将军府逃出来了，还说那些做什么？老爷好心收养你是一回事，对你心怀叵测又是另一回事。”

“好吧，过去的就让它过去吧，我们还是赶快逃命吧！”

星儿和周军狼吞虎咽，吃了一顿随身携带的干粮，喝了几口山泉水，便又继续赶路了。

他们专拣那些布满深深茅草的路磕磕碰碰往前走，周军选择这条路，是因为它有天然的草丛作掩护，相对比较安全，即使被人发现，随便往哪个草丛一躲，很难被发现。周军曾经在跟随将军追击山匪时走过这条路，所以还隐隐约约辨认得出来。

老爷把密令发给胡刚以后，紧跟着又派出几路人马，设关设卡，严密布控。他狠下心来，要让星儿插翅也难逃出他的手掌心。

“报告——将军！我们按照您的命令布下天罗地网，结果还是没有抓到星儿和周军！”

“混蛋，不要说了！”

被派往川西的王连长无功而返，知道挨骂是不可避免的。

“报告——将军……”

被派往川北的陈连长复命，也被狠狠地责骂了一顿。

“报告！”

“免了！我要的是结果，不要啰唆。抓到没有？”

胡刚不慌不忙地取出一封血书，双手捧起呈献给将军。没等将军看完，胡刚又取出一件满是窟窿的血衣。

“这是怎么回事？”将军一会儿看看血书，一会儿看看血衣，嘴里不停地嘀咕，“这是为什么？为什么？这是我的错，这都是我的错。星儿啊星儿，我怎么就没想到你会这么刚烈呢！你会记恨义父吗？你放过义父吧！”

将军把追捕周军和星儿的希望，寄托在胡刚的身上。胡刚办事，他从来没有怀疑过，在他眼里胡刚没有办不成的事。胡刚的机智、武功和枪法，乃至忠肝义胆，都是经过一次又一次考验的。然而，他哪里知道，胡刚却在追到星儿的时候动了恻隐之心，精心策划了一出“苦肉计”。

第五章

星儿和周军逃出将军府后的第三天，他俩才松了口气，吃了顿饱饭，睡了个好觉。经过一番乔装打扮，星儿变成了一个标致的白面书生，周军的上嘴唇和鼻孔之间多了两根胡须。

但星儿和周军万万没想到，他们会在一家不起眼的客栈暴露了行踪。

“不准动！动就打死你们！”胡刚和他的跟班齐刷刷地掏出驳壳枪，枪口对准星儿和周军。

“来来来！师弟，你请坐！有话好好说。”周军心想，自己和胡刚是拜把子兄弟，情同手足。于是试探着抬起右手，边说边去拉胡刚。

“莫动！师兄，还是识相点好！谨防枪走火！”胡刚一双眼睛像两把利剑盯住周军，声音有些走调。

星儿从惊吓中回过神来，看见用枪顶住周军的胡刚，心跳得七上八下，怎么也平息不下来。

“师兄，请受我一拜！星儿给你添麻烦了！”她扑通一下跪在地上，一双明亮的眼睛滚出两行晶莹的泪珠，好像有诉说不完的伤心和委屈。

“师妹，快快请起！我哪敢接受你的跪拜呢？我只是奉命追捕你们，如有冒犯的地方，还望多多包涵！”

胡刚和周军都是将军身边的红人，两人情同手足，形影不离。但自从星儿到了妙龄之时，他俩都把男儿的情思放在了星儿身上。

胡刚奉命，带着跟班，追拿私奔的星儿和周军。军人以服从命令为天职，但他感到左右为难。在接受密令的时候，本想找理由推脱，可军令如山，岂有推脱之理？他知道，在将军眼里，除了他胡刚，将军府没有人比他更了解周军和星儿。再说，其他人也不是星儿和周军的对手，即使追到了也抓不住，即使抓住了也休想把他俩带回将军府。

“师弟，先把家伙收起来好不好？我和星儿都成了你砧板上的肉，难道还怕我们跑了不成？我发誓绝对不做对不起师弟的事，只是想请大家坐下来吃顿饭喝杯酒。”周军见胡刚的跟班一点也没有放松警惕的样子，还用枪指着自己和星儿，于是下意识地探问。

胡刚听了周军一席话，似乎有些犹豫起来。他退到门外一看，这是一家正面临街，其余三面都被重重叠叠的民房包裹着的小客栈，如果不借用武器，严加防范，周军和星儿随时都有可能逃匿。

但他转念一想，毕竟自己与星儿、周军关系那么要好，如果真要动手，恐怕于心不忍，还不如放他们一马。

想到这儿，胡刚便让跟班们把枪收好，自己走到星儿和周军身边，把他们按在凳子上坐下，将剑拔弩张的气氛缓和下来。

“请坐！师兄、师妹！我们都是奉命行事，有什么问题，我们坐下来好说好商量，不要伤了我们之间的和气。你们说说看，是不是？”

“小二，拿酒来！再上两盘荤菜和三副碗筷！”周军见大家都先后坐定，便吩咐店家。

“师兄、师妹，我胡刚和两位兄弟奉将军之命，前来保护你们安全回府，这杯酒我敬你们二位，权当压惊。”胡刚脖子一仰，先干为敬。“将军说过，他要你们好好想想。只要你们回心转意，他可以当这件事没发生过。”

周军暗想，刚才还气势汹汹的，这会儿又举起杯来敬酒，不知他葫芦里卖的什么药。难道不怕我们把他灌醉，趁机逃脱吗？可又一想，管他的，喝酒就喝酒，走一步看一步，车到山前必有路。周军举着碰了杯的酒，迟疑了片刻，也一仰脖子，把酒喝干。

此时的星儿虽有疑惑，但现在也不便深究。管他三七二十一，谋事在人，成事在天，先不想那么多，喝酒就喝酒。

星儿给周军递了个眼神，邀他满上酒，双双举起杯，异口同声说：“谢谢师兄抬爱！等喝完这顿酒，一切听从师兄安排！我们绝不让你为难。”

一连几杯酒喝下去，师兄妹三人打开了话匣子，天南地北地海吹起来，就连胡刚的跟班们也把此行的要务丢在了一边，大杯大杯喝起来，喝了一杯又一杯。

“哎！师兄——来！我们划几拳。人生一世，草木一春，管他名啊、利啊、官啊、权啊！生不带来，死不带去。该吃就吃，该喝就喝！”胡刚这时已经打定主意，他不仅要让周军和星儿放松下来，还要让跟班们也完全放松警戒。他不仅要把好事做到底，还要把好事做得天衣无缝。

跟班们见胡刚只顾喝酒划拳，也慢慢松懈下来，跟着一杯接一杯地喝下去，喝得晕头转向，终于醉倒了。

胡刚见天色已晚，火候已到，于是带着周军和星儿走出客栈。星儿和周军听了胡刚的计划大为感动，星儿写下了一封血书，一封让将军后悔莫及而又深信不疑的血书，并制作了血衣。胡刚接过血书和血衣，双手捧掌执礼：“师兄、师妹保重！我们就此别过，后会有期！”

第六章

周军收拾好行李，带着星儿攀上了一辆在陡坡缓行的货车。货车掀起漫漫沙尘，道路托着车轮向前延伸，车轮在路面上吃力地滚动。经过长途颠簸，他们抵达了一座古镇。古镇坐落于四面环山的盆地之中，百余栋吊脚楼依山就势、鳞次栉比，可见老妇在吊脚楼中备炊，老翁于石板街边纳凉，暮归的老牛驮着牧童，踏着悠缓的蹄声穿过窄巷，惊起的家禽扑棱着翅膀掠过巷道。这是一座完整保存着土家族建筑形制与生活习俗的古寨。

“咚咚咚——”

“请问谭老板在家吗？”

铜商号老板谭作安是周军的熟识。他听到通报，连忙从躺椅上站立起来，整了整散乱的鬓发，抻了抻皱巴巴的衣襟，快步迎至前院。

“哎呀呀！是周军来了。”谭作安紧赶两步攥住青年的手腕，“怎么不早些递个信来？快进屋里坐！”

周军把星儿推到谭作安面前说：“这是我的师妹付星儿。星儿，这是谭老板。”星儿面带微笑，身腰略弓，面对谭作安，左掌盖右拳以礼致意。

谭作安还礼时不着痕迹地打量着眼前人。这姑娘身量匀称挺拔，神色从容淡然，尤其那双会说话的眼睛，竟教他无端生出几分敬意。

“星儿小姐英姿飒爽，谈吐不凡，今日一见，实乃三生有幸。”双方礼让间已步入厅堂。当茶过两盏，话说了一大堆以后，一张雕龙刻凤的八仙桌上早已摆好了碗筷和酒菜。

“来来来！先喝碗野生冻菌汤，地地道道的山珍极品。”谭作安亲手给周军和星儿各舀了一碗汤，接着又给他们介绍这一桌的好菜：“这是野猫烧板栗，这是竹鸡炖天麻，这是卤斑鸠，都是些家乡菜。吃吧！多吃点，不要客气！星儿小姐初来乍到，这些菜每样都尝尝。”

星儿不擅喝酒，但在谭作安的盛情之下，也端起酒喝了几杯。喝得脸上罩上了红晕，越发变得楚楚动人。

“谭大哥，我敬你一杯！”

“好！要论辈分，你和周军该喊我大叔，但既然星儿这么爽快，以后就叫我大哥好了。能认识你这么一个飒爽利落的妹子，不仅是缘分，也是我谭某的福气！”

“谭大哥，这次到黔江来，让我真正见识了蜀道之难。特别是梅子关，车子行在路上，犹如巨龙盘山，环来绕去的，像是在云雾中穿行。听车夫说，稍不小心，就会掉下万丈深渊。梅子关，可是说三十六条弯，七十二道拐。路在山腰盘，车在云中旋。”

当说到“旋”字时，星儿忽然感觉有些头重脚轻，身子轻飘飘的，微微晃了几下。

谭作安见状，连忙招呼：“星儿小妹看来有些不胜酒劲。那就早点回去休息吧！我和周军再坐一会儿，想和他再叙叙旧。”边说边转身吩咐伙计准备热水，收拾房间。

目送走星儿，谭作安放下酒杯：“你们长途跋涉，很不容易。这次来了，多住些日子，不要见外。你们有什么打算，只要我能办的，定当尽力而为。”

周军呷了口酒，做了个深呼吸，仿佛有些伤感：“谭大哥，不瞒你说，我和星儿同命相连，是一根藤上的苦瓜，这次来，一是前来避难，二是想在你门下找点事做。”

谭作安沉思了一会儿，开口道：“有些话我也不好说，你做什么合适呢？你喜欢做什么？我心里也没底。要说做生意，我算是个老生意人了，做了十多年，还算熟门熟路，我认为，做生意关键还是要有本钱，本钱大，生意才能做大。俗话说得好——‘一颗豆子圆又圆，磨成豆腐卖成钱。莫看生意不起眼，小小生意赚大钱’。”

周军边听边点头说道：“大哥，你看这样行不行？我单独做肯定是不行的，如果你不介意，我想在你铜商号入点股，只分红不参与经营。有重大事情商讨的时候，我愿意听一下，不论做什么、怎么做，一切由你说了算。只要你不嫌弃，我就筹些钱，作为股东加入你门下。你看这样好不好？”

谭作安略作思考，点头道：“好！我正愁本钱不够多。你入股，无论多少，我都按比例给你分红。每个季度盘点一次，一年分四次红，到年底再结算，你看如何？”

周军听后，兴奋不已，接过谭老板的话：“那真的是太好了！你说你现在需要多少本钱？”

谭作安笑着说："这你就不懂了。做生意嘛！本钱自然是多多益善。本钱越大，生意才会越做越大，收益也才会丰厚！"

"这次我回镇上来，就不打算走了，所以多带了一些盘缠。我想留点家用，其余全部入股。明天我们当面点点数，写成协议，好不好？"

谭作安一听喜笑颜开，感到分外高兴，亮开嗓门大呼道："好！好！好！"

第七章

聊完生意上的事情，周军又跟谭作安讲了他和星儿这一路从将军府出逃的经历。

谭作安终于忍不住说：“今晚上我们两个好好聊聊。你可知道你的真正身世吗？以前不说，是怕误了你将军府的前程，既然你已离开那里，那我就没什么顾虑了。这事在我心里埋藏了很多年，是让你知道的时候了。你先坐一下，我去屋里取样东西，一会儿就来。”谭作安说到这儿，起身朝屋里走去。

不一会儿，谭作安从房间里出来，手里提着一个小背篓，背篓里有一个小布包，布包里装着一张发黄的纸条。

谭作安打开纸条，把它铺在桌面上，对着周军慢慢说道："这话我得从头说起。你原名叫周接宗，你的生辰八字都记在这张纸上。你的父母一生虽然相敬相爱，但命却很苦，十分可怜。"

周军听后追问道："谭大哥，你到底想说什么？我怎么一句也听不懂？"

谭作安摆了摆手："你不要着急，听我慢慢讲。你的亲生父母是黔江人，家住八面山，以务农为生。农闲时也上山打猎，时而能逮到几只山羊、野猫野兔之类的活物，然后再拿到我们这儿卖。冬天时还卖一些桐籽米、棬子米，还有天麻、疙瘩七、萝卜七等药材。我们因此相识。

"你父亲名叫周大山，勤劳俭朴，本分老实，讲义气，重感情；你的母亲罗秋香，知书达理，善解人意。两人婚后情投意合，恩爱无比，日出而作、日落而归，过着其乐融融的日子。

"你有一个叔叔，叫周小海，跟你父亲的性格和为人完全相反。他也很勤劳，但爱财如命，一心只想发家，把田土盘宽。你父母结婚还不到一年，你叔叔就三天两头找岔子，什么事都斤斤计较，生怕自己吃了亏，闹着与你父亲分家，你父母商量之后也就同意了。

“当时你爷爷传下三间瓦房和一个转角，还有两间柴房、十挑田产、九亩坡地。你父亲认为自己是老大，理应让着弟弟，于是便让你叔叔做主分家的事情。

“你叔叔一听，有些气恼。嘟囔着：‘我说怎么分就怎么分？只给你两间柴房，难道你也愿意？’

“你父亲认为，两间柴房就两间柴房，兄弟间最重要的是和睦相处、彼此理解，多点少点都无所谓。

“你叔叔见你父亲如此厚道大气，也有些内疚，主动把竹林湾房前那两丘田和两块苞谷地让给了你父亲。

“彼时恰是你母亲怀着你即将临盆的时候。后来，你母亲生下你，你父亲一见是个男孩，非常高兴，又是杀鸡又是宰羊，还买来补品，为你母子俩忙前忙后。忙了一整天，直到深夜才坐下来歇会儿。

“你父亲刚坐下，接生婆就走到他跟前说：‘大山兄弟，你过来，我给你说点事。弟妹给你生了个胖儿子，按理说是一桩喜事，但有些事我不得不跟你说明白，你媳妇身子弱，产后又出现大出血。山里没什么好药，我只好用香灰和艾叶止血，但还是没有完全止住。大山兄弟，你可要小心一

点，想想法子。’大山听后，赶忙接口：‘大嫂子，谢谢你了！帮了这么大的忙，还为我操心，我想想看有别的办法没有。’

“接生婆离开后，你父亲更加着急，于是急忙跑到寺里，找到住持大师，跪在地上，磕头乞求：‘大师，请你看在菩萨的面上，救救我媳妇吧。’住持把你父亲扶在石凳上坐下，还给他泡了一杯清茶：‘请问大山施主有什么事？慢慢讲，不着急。’

“你父亲一边抹泪，一边说：‘我媳妇产后大出血，接生婆想不出止血的办法，所以我只好跑来求你大发慈悲，救我媳妇一命。’

“住持一听，心想救人如救火，拍了拍你父亲的肩膀，便转身回到房里。一会儿工夫出来，对着你父亲说：‘这里有三副药，还有两个小纸包，拿回去用开水冲兑，内服外用的药都有，这些药都是止血的，快快回去吧，菩萨会保佑你们一家人平安无事的。’

“你父亲从怀里摸出几个铜板，放进功德箱，道了声谢，转身就向家里跑去。

“就这样，你母亲用了药，在你父亲的精心照顾下，算是保住了一条性命，但从此落下了病根。这之后，她经常心存忧虑，想着你父亲成天劳累，她却帮不上忙。于是拖着虚弱的身体，给你父亲洗衣做饭，做些力所能及的家务。你父亲要她多休息，好好养病，你母亲虽然满口答应，却不肯躺在家里吃闲饭。那年收成比较好，你父亲挑了几担粮食换成钱，给你母亲治病。

“听大夫说，你母亲是月子病，长期操劳过度犹如雪上加霜。这种病又称富贵病，要多修养、吃得好，还要心情愉快，才能减轻一些痛苦。

“按照大夫的嘱咐，你父亲尽管想方设法、尽心尽力照顾你母亲，可是你母亲的病还是一天天加重。到你快满一周岁的时候，你父亲又偷偷卖掉了剩下的一丘田，为你母亲治病。可你母亲越想越觉得不对，趁你父亲去赶集时，拖着病体到地里一看，什么都明白了，回到家里就开始吐血。

“你母亲趁你父亲不在家，打开箱子，把她的衣服剪成小块，做成小孩衣服，又把你父亲的衣服收拾出来，补的补，洗的洗，晾晒后折叠起来。

之后又拿起纸笔，写下你的名字和生辰八字，把它和孩子的衣服一起放在桌子上。最后拿起一根早已准备好的绳子……”

周军听到这儿，眼眶里转动着泪珠，却又强作镇定，继续往下听。

“你父亲回来后发现你母亲自缢于屋檐下，霎时，你父亲愣在那儿，仿佛丢了魂魄一般，半晌才回过神来，抓起一把柴刀，割断绳子，把你母亲抱进屋，放在床上，用手一摸，全身冰冷，早已命归黄泉。

“当时，你父亲感到五雷轰顶，边哭边诉：‘娃儿他娘，你何苦抛下我们父子就这样走了呢？我们能过一天是一天，实在过不下去了，再想法子也不迟啊。老天爷呀！我该怎么办？’”

听到这儿，周军早已泪如泉涌，一双大眼睛盯在谭作安身上，满脸惊恐和悲哀。接下来的话，他东听一句、西听一句，却一句也没有听清楚。

谭作安见状，赶忙改口安抚周军：“一个人是什么命，命长命短，那都是天意。而今，你的母亲早已入土为安，你要节哀。听我继续说下去，把你的身世说清楚。

“当时，你父亲把你母亲埋在竹林湾里，方便祭拜。你父亲又当爹又当娘，白天背着你下地劳作，早晚用米羹喂养你。可时间久了，你父亲觉得这样下去不是办法，于是做出一个极不情愿的决定，让我找个好人家收养你。

“说来还真是有缘分，碰巧有个经营土产的商行老板，家庭十分富裕，两口子结婚多年，无儿无女，想抱养个孩子。你家姓周，他家也姓周，一家人抱给一家人，你说是不是缘分？

“当时，周老板高兴得不得了，要给你父亲一定的补偿。你父亲坚决不要，在他心里，又不是卖儿子，只是希望你能有个好人家，能吃饱穿暖。

“就这样，我准备了架商车，雇了一个丫鬟，把你送到了重庆，过继给了周家。不久后你父亲就过世了。谁能想到，周家后来遗失了你。幸好你运气好，被将军府收留了，还学了一身好本事，你父母九泉之下也能安息了。你的原名，叫周接宗，是你母亲给取的，意思是希望你能够传宗接代，把香火续下去。”谭作安说完这段往事，周军早已哭成了泪人。

第八章

第二天清早，周军和星儿在谭老板的带领下，参观了堆满山货的库房和琳琅满目的铺面。办完入股经商事宜，两人就匆匆告辞，找到住持，说明来由，住持让一个小和尚带着他们上八面山找周亚军的二叔。

路上周军和星儿商量，按照师兄胡刚的忠告，他们必须隐姓埋名。此时路边传来的一阵阵袭人的清香，让人欣喜，让人惊讶。一回头，只见一簇簇兰花，叶片墨绿，笔挺如剑，而那隐藏在密叶间的花瓣，浅妆淡抹，各有姿态，或低头遐思，或左顾右盼，或翘首远望。

“星儿，你以后就叫我周亚军吧！我建议你的姓改成当地的大姓——李，名为兰儿。兰儿撷取兰花之意，像一株八面山上的空谷幽兰。以后你就叫李兰儿。”

没等周亚军说完，星儿深深呼吸了几口兰花的香味，于是满口答应：“好！我以后就叫李兰儿。”

山上的雾气时浓时淡，他们抬头望去，只见一群大雁排成一个“人”字，在“领头雁”的带领下朝南飞去。

许多天以来，亚军和兰儿都没有像今天这样，看看大自然，听听雁鸣。心情一好，脚下生风，很快便爬上了八面山。

兰儿听小和尚绘声绘色地描述八面山“春有百花秋有月，夏有凉风冬有雪。若无烦恼挂心头，便是人间好时节”，有感于怀，诗兴大发，情不自禁地作了一组“八面山四季颂”。

春颂

欲问春来归何处？飞燕衔泥，新芽吐绿，踏翠寻芳香引路，红了桃花，忙了锄禾，片片蝶飞舞。遥池碧水轻舟渡，暖风吹苗破土出。昨夜一篑丝丝雨，如饮甘露，沾染秋壑，万物气象苏。

夏颂

骄阳似火消何处？小桥旁边，古藤深绿，密林遮天疑无路，蹚过小溪，穿越幽谷，碧草迎风舞。坐看悬崖飞云渡，卧听溪畔水声出。不用晴空下大雨，心情怡然，绿荫有数，处处消炎暑。

秋颂

秋风有意居何处？林中红叶，钟山红烛，瓣瓣黄花铺满路，立了白露，熟了金谷，长空大雁舞，收割穿梭忙忙渡，秋菊袅娜占香步。久照长虹七彩雨，红了桔子，黄了梨叶，硕硕满坡树。

冬颂

琼花玉笋开何处？飞雪漫漫，腊梅树树，茫茫冰封不见路。迷了云海，白了山谷，谁裹银装舞。寒霜浸透梅香渡，思春正待红日出。冰消雪融碧如雨，肥了田野，醒了宿虫，款款春来驻。

亚军一边走一边听，他知道兰儿在将军府时每天除了早晚习武外，特别喜欢读花木兰、窦娥等传奇女子的故事，却没想到她还喜欢创作，而且达到如此触景生情、脱口成章的造诣。小和尚一边走一边听，正准备拍手叫好的时候，忽然就看见了亚军的二叔——周小海。

周小海头上盘着白布帕，身穿青色双排扣布衣，脚趿一双水草鞋，左手提着竹编箢篼，右手握着小铁铲，正在山路上捡拾牲口粪便。亚军早就听说二叔勤俭持家，在八面山算个小有名气的财主，可是殷实的生活也没有改变他勤劳节俭的本色。

小和尚上前施礼：“周施主一向可好？”周小海笨拙地还了一个礼，回答道：“小师父好！”小和尚转身指着亚军：“这是周施主，是专程来八面山寻亲的。”

亚军望着满脸皱纹的周小海，联想到自己苦命的双亲，百感交集，不知该说什么好。

周小海望着两位陌生的年轻人，更是不知所措。他呆呆地沉默了一会儿，然后一脸敦厚地看着他们：“走！进屋里坐！”边说边往前引路。

来到屋前，周小海便拉开嗓子：“娃儿他娘！娃儿他娘！”随着“哎”的一声应答，从里屋走出一个中年农妇。

“你先去把茶泡一壶，再去做饭！”农妇应声朝屋里走去，周小海追补了一句，“把那块坐墩肉[①]割下来炖起！”

进到屋里，亚军再也忍不住激动的心情，扑通一下朝

---

① 坐墩肉：猪后腿上方，臀尖下方的部位。

着周小海跪下。周小海大吃一惊，不知把手脚放在哪儿，口里只顾念叨："要不得！要不得！快起来！快起来！"周亚军跪在地上哽咽道："二叔，我是接宗啊！你的亲侄儿周接宗啊！"

"啊！接宗，你真是我的侄儿接宗？"

亚军使劲儿点了点头："二叔，以后叫我亚军就是！"

周小海朝里屋喊道："娃儿他娘！娃儿他娘！快出来！"

听到急切的叫声，亚军的二婶赶忙出来。听周小海的介绍，才知道大侄子回来了。

饭菜刚刚上桌，从屋外走进一个小伙子和一个二八芳龄的姑娘。周小海介绍说："这是你堂弟周黑娃，这是袁大伯的闺女袁桂花，我请她过来陪陪你们两位远道而来的稀客。"大家围着桌子坐下，菜肴很丰盛，豌豆角炒腊肉，老母鸡炖脚板薯，都是平常舍不得吃的好东西。

吃了一会儿，亚军望着二叔，想起逝去的双亲，既感伤又心酸，便站起来对周小海说道："二叔，我昨夜才听到谭老板说起我的身世，今早来得也很匆忙，没有什么东西孝敬二叔二婶，这是我的一点儿心意。"说着从衣裳兜摸出钱来塞到周小海的手里。

第二天吃过早饭，周小海带着亚军和兰儿来到竹林湾，边走边说："你父亲把你送走以后，回到家里就一病不起，没过多久就跟着你母亲去了。我按照你父亲的遗愿，把他和你母亲葬在了一起。"

亚军和兰儿跪在坟前，泪流满面。周小海回想起大哥大嫂，也伤感万分，良久才拉起亚军和兰儿往回走。

亚军一边走一边说："二叔，我想把父母留下的房屋重新翻修一下。想麻烦您帮我请些匠人，修几间上房和两间厢房。"听了侄儿的打算，周小海满口应承。

春去秋来，不到一年时间，亚军和兰儿实现了心中的夙愿，盖起了正五间两端带走马转角的吊脚楼。

兰儿离开喧嚣的县城来到八面山，不仅喜欢这里山水毓秀的风景、清新自然的空气，更被淳朴的民风所吸引，仿佛置身于令人神往的世外桃源。这份难得的轻松自在，让她决意留在八面山——她深爱着这里的山水草木，眷恋着淳朴憨厚的山民，心甘情愿与亚军携手相伴，在这片土地上勤恳耕作，共度岁月静好。

亚军爱兰儿胜过爱自己。一个出生在八面山从小就失去爹娘的孤儿，能够娶到文武双全、勤劳勇敢的兰儿做媳妇，他连做梦都没有想到。这是天老爷的恩赐，还是前世修来的缘分？他俩不仅惺惺相惜，更情投意合。

迎娶兰儿的日子，周亚军选在了正月十五闹元宵那天。这天当地有“迎紫姑”的习俗，迎紫姑又叫“请七姑娘”。为了表达对兰儿的怜爱和尊重，八面山上的长辈们建议亚军选择这个日子，以示对自己能和兰儿喜结连理的看重。

在“迎紫姑”活动中，紫姑由男人扮上女装。“请姑人”先用簸箕或畚箕将紫姑的头盖住，然后一边用筷子有节奏地敲打箕底，一边念念有词。不一会儿，紫姑便掀开簸箕，舞着手绢跳起来。这时周围的人不分男女老少，一律亮出自己的歌喉，齐声高唱采茶歌。大家唱得越快，紫姑就跳得越快；大家唱得越起劲儿，紫姑就跳得越起劲儿。

活动举行完毕。接下来，亚军和兰儿跪在双方父母的灵前，开始祭拜。一鞠躬，祭拜天地；二鞠躬，祭拜父母；三鞠躬，夫妻对拜。随后那些年纪和辈分比亚军小的少男少女们，就开始吵着闹洞房了。

第九章

站在八面山钟山顶上，面朝西远眺，小南海像一幅巨型的山水墨画镶嵌在绵亘不绝的万山丛中。有诗为证：

人间仙境何处在？眼前飞来小蓬莱。

不是白日说痴话，魂惊梦醒小南海。

在八面山方圆数十里的原始森林中，有数不清的杂树异木，有百听不厌的虫鸟争鸣，有幽香扑鼻的兰花烂漫，有鲜艳夺目的杜鹃怒放，但兰儿最爱的还是小南海。

站在钟山顶上，兰儿除了喜欢看小南海，还喜欢遥看东边天际射出的一道道灿烂夺目的霞光。那霞光带着各种交相辉映的色彩，穿过缥缈的晨雾，让人领略到日出良晨的绝妙境界。见到此情此景，兰儿技痒，忍不住又赋诗一首：

山前山后玉玲珑，深山紧锁一劲通。

复有楼台含朝露，更无尘埃照虚空。

站在钟山顶上，朝古镇看去，一条蜿蜒盘旋的山间石板路，像一条时隐时现的巨龙，盘绕在深山峡谷和溪流河畔之中。

和兰儿一起出门，于不经意间走远了一大段路的袁桂花，看着站在山顶发呆的兰儿，实在等得有些不耐烦了，就扯开嗓门用山歌大声调唱起来，歌声清脆悦耳，勾人魂魄：

天边边的云，

半山腰的雾。

土家族猎人，

吊脚楼里住。

古镇里赶场，

直通石板路。

川东南边陲，

四省交界处。

环图皆山岭，

深山一明珠。

……

兰儿听到歌声，猛然抬起头，望着嘟着小嘴的袁桂花。

桂花是八面山上的“一枝花”，年纪比兰儿稍小一些。自从兰儿认识了袁桂花之后，她俩就成了形影不离的闺密。桂花一有空就往兰儿家跑，把兰儿带到她喜欢的那些地方去。兰儿喜欢桂花，更喜欢桂花带她去的那些地方。

“桂花妹，你忙哪样嘛？好事不在忙上，太阳落了有月亮。这么好的景色，我还没看够哩！”

“没看够？前天看，昨天看，今天还要看，看来看去，除了山还是山，除了树还是树，不晓得还有哪样看头！”

“有看头！有看头！到李家沟去看你的未婚夫，那才有看头，你说是不是？”

“你胡说！兰儿姐，我不和你说了。兰儿姐，不要拿我寻开心，好不好？我求你了！”

……

说笑间，她俩经过桃子坝，穿过石牌坊，来到了古镇。

大街上早已人来人往，吆喝声、叫卖声、踢踏声，混杂在一起，像一锅煮开的粥。

“我是干什么的？我是卖药的！我这药叫十八罗汉汤，

也叫续命汤。这副汤药有起死回生的功效，主治风湿麻木、跌打损伤、五劳七伤，还能治疗头晕眼花、四肢无力、阴虚肺热、胸闷气短。古人说得好，衣烂人早补，一寸不补，要补一尺五，病来好比水推沙，病去犹如针挑土，有病就要早点医哟！”

“兰儿姐，快走！快走！莫听这些江湖浪子的鬼话，他们能把树上的鸟儿都哄下来。”

走着，走着，她俩被挤到了街道边。“快来看，快来看，这是武松在打虎，这是西门庆在戏潘金莲，这是宋江在杀媳，这是鼓上蚤时迁的倒挂金钩。

“再看这边，刘关张桃园三结义和诸葛亮的草船借箭。好看得很！快来看！快来看！不爱看打架的，这边有斯文的。黛玉葬花，宝玉哭灵，刘姥姥进了大观园。

“这些也不喜欢看？我就给你再换一个，姜子牙封神、苏妲已害人、纣王无道。也不好看？不好看再给你换一个热闹的。孙悟空大闹天宫，一个筋斗十万八千里，翻到了南天门，坐在门槛上歇气。他歇他的，我们再看这边，还有穆桂英挂帅、花木兰从军、孟姜女哭长城，这些都是女中豪杰哟！

“这时孙悟空也歇够了，一个跟头翻到蟠桃园，坐在蟠桃树上摘桃子吃。大家请注意，这桃子不是一般的桃子，这桃三千年开一次花，三千年结一次果，还要三千年才成熟。吃了可以长生不老，你只要看一眼孙悟空吃仙桃，起码也能多活它十年八年。一文钱，增加十年寿命。这么好的事，你说划算不划算？”

……

古镇的赶场天，人来人往，熙熙攘攘，络绎不绝，犹如盛大节日，热闹得很。

第十章

“请让一下，桐油糊衣服喽！”一个汉子挑着一担桐油，头上冒着汗，口里喘着气，一边吆喝，一边左躲右闪，穿行在集市的人缝中。

这时，突然从酒馆里窜出一个身穿警服的酒鬼，走起路来脚下轻飘飘的，身子一偏一倒，脚下一趔趄，碰到了一桶油篓子上。油篓子经这么一碰，反弹回来，又荡回挑油汉身上。就这样荡来荡去，一百多斤重的担子无形之中增加了不少重量，挑油汉哪里稳得住，脚一闪，“咣当”一声，油桶被碰翻在那酒鬼身上。

挑油汉心里嘀咕：“这下糟了，秽气降到了头上。怎么办？

虽然占理，可人家是什么人，惹不起的人。”想到这儿，赶忙拿话赔不是：“对不起！对不起！老总，我不是有意的！”

那军警随手往屁股上一摸，手板上糊满了桐油，顿时气不打一处来，火冒三丈，破口大骂，边骂边举起拳头，朝挑油汉头顶一拳打下去，这一拳不偏不倚，正好打在鼻梁上，顿时鲜血直流。

看热闹的人越聚越多，有的议论、有的叹息、有的咬耳，可是没有一个人站出来为他说句公道话。

“你看是你拿钱消灾？还是让我把气出在油篓子上？”

“老总，实在对不起！我是个生意人。靠挑油为生，挣点苦力钱，养家糊口，您就饶了我吧？”

“不行！不交钱就把剩下的这只油篓打翻！”那酒鬼边骂边抬起右脚，眼看就要往油篓子上踢去。

说时迟，那时快，不知是从哪里伸出来一只手，抓住军警的后背说道：“老总，有话慢慢说，不要动手动脚嘛！俗话说得好——‘道理服强人，灯草捆将军’。有什么事情，好说好商量，何必动粗呢？”

那军警抬头一看，见是一个年轻貌美的女子，便说道：“哈哈哈！你敢管我的事？道理服强人，什么道理？我就是道理！灯草捆将军，灯草捆得住我？没听说过！”

“请老总自重一点，不要出口伤人！我知道你是军警，难道军警就可以不讲道理吗？光天化日之下，你就不怕引起众怒吗？”

“他弄脏了我的衣服，你说该不该赔？他赔不起，你替他赔，是不是？你赔就把钱拿出来！”

女子目睹了刚才的情景，本来就窝了一腔怒火：“你这个人怎么回事？明明是你吃醉了酒，撞翻了人家的油篓子，还要倒打一钉耙，找人家出气。你是军警，还是地痞？长短是根棍，高矮讲分寸，你讲不讲理？”

“讲理？讲什么理？我就是理！”话音未落，那军警就准备对那女子动手。

那女子是谁？不是别人，正是兰儿。她敢管古镇的事，自有她的道理。

“老总，请不要这样！若要动手，对你没有什么好处！”

“什么叫好处？让我舒服就是好处！”兰儿早听袁桂花数落过古镇的军警，今天亲眼得见，气不打一处来。她伸手抓住那军警的胸前衣襟：“走！到你们警察局去说。”

那军警只顾耍横，抡起拳头就朝兰儿头部打去。

兰儿眼看拳头就要落到自己头上了，左手一扬，抓住军警的拳头，同时，右手一掌，把军警打了个四脚朝天，引得围观的群众哈哈大笑。

“你等着！有种你莫走！”那军警心知肚明，今天碰到高手了，自己不是她的对手，边说边扶着腰溜出了人群。

周围骤然响起一阵掌声。有人道：“姑娘，你惹祸了，赶快走吧！”

兰儿一边抱拳点头，一边扶起挑油汉：“大哥，你是桃子坝的吧？”

挑油汉跪在地上，向兰儿直点头。

兰儿听铜商号老板摆过龙门阵，这挑油汉叫曾大汉，是铜商号的老生意客。他们榨坊榨出来的桐油堪称一绝，深受好评。她还听说曾大汉是个大力士，饭量也大得惊人。据说，有一天，他煮了两斤大米，外加半水瓢玉米面一起做成粉蒸饭。早上出门时吃掉一半，另一半用布帕包好拴在腰上，作为上山打柴的午饭。刚出门不久，那饭团在腰上滚来滚去，让人不舒服。于是他便坐在溪水边，取下饭袋，把另一半也就着溪水全吃了。吃得多，力气大，凭他两手之力，能提着磨盘转圈圈。若真要动起手来，三五个军警肯定奈何不了他，可他哪有还手的份儿呢？

“大哥请起！赶快离开这儿。他们马上会来找你麻烦的，我们后会有期！”

挑油汉听了兰儿的劝告，赶忙挑起油篓子就走。

不一会儿，人群突然像被洪水冲出一道豁口，从豁口中跑来四五个军警，走在前面的是一个彪形大汉，人称肖蛮子。他一边走，一边大叫：“是哪个吃了熊心豹子胆，敢打我们警局的人？”

兰儿见这伙军警来势汹汹，跑在最前面的那个黑大汉至少有一米八的个子，体重大概有两百斤。

“警官先生，有理走遍天下，无理寸步难行。我们有话，可以好说！”

“好说？不让你坐几天班房，你不晓得锅儿是铁打的！”说到这儿，肖蛮子一耳光向兰儿打去。兰儿左手一扬，只听“哎哟”一声，那军警还没搞清楚是怎么回事，就一骨碌摔倒在地。

正在这时，又一名军警突然从背后扑向兰儿。兰儿也不看一看背后，只右手一勾，便抓住身后军警的衣领，然后她腰一弓，手一拉，一个大翻背，把那军警摔了个狗吃屎，痛得他哇哇直叫，边叫边向腰间的手枪摸去。

说时迟，那时快，兰儿上前一步，一脚踩在他胸脯上："你们听着！想动枪是不是？谁再敢动一动，我就让他再也爬不起来！"

军警们目睹了刚才的情景，又不晓得这女人是什么来头，也不敢贸然动手，按照她的要求，跟着她来到了警察局。

局长一看，满脸堆笑："稀客！稀客！请屋里坐！"边说边拿出水杯，给兰儿倒了杯茶，"李小姐，刚才在街上发生的事情，我都知道了。你先喝口水，消消气。你不认识我，我可认识你，我和铜商号谭老板有深交。论辈分你还是我小辈呢！"

兰儿接过话头："李叔叔，你的手下太不像话了。仗着人多势众，欺侮一个下力汉。出口就骂人，伸手就打人，你得好好管管他们！"

"对不起！李小姐，你看这样好不好？你先回去，到时候，我让他们给你赔不是！"

"好！有劳李叔叔，我先告辞了。"送走李小姐。那几个军警有的灰头土脸，有的歪脚扭手，还有人拉着哭腔："局长大人，你要给我们做主呀！"

“混账东西，尽给我找麻烦！”

这些东西一向目中无人，招摇过市，称王称霸。这下吃了哑巴亏，也只好自认倒霉。

兰儿回到市集，看见桂花还在，忙问：“桂花妹，吃饭没有？”

“我吓都被你吓跑了，哪还有心思吃饭哟？你打人的样子好威风！街上的人都竖起大拇指夸你，有的说你是神仙下凡，有的说你是菩萨转世，是专门来收拾那些恶人的。”

“什么菩萨不菩萨！他们想怎么说就怎么说！我只是教训教训那些败类，让他们明白老百姓也是不好欺负的。”

第十一章

第二天，天刚蒙蒙亮，兰儿就到河滩上打了一套太极拳，捧起河水洗了一个冷水脸，然后躺在河滩上，遥望着晴朗长空，沐浴着斑斓晨曦，感到心里有说不出的惬意。

她白日里沉浸于蓝天白云、青山绿水之间，夜晚伴着万籁俱寂的星空入眠。靠着铜商号的入股分红，生活自是衣食无忧。如果闲得无聊，便去深山中狩猎消遣，或是去邻里乡亲家走动闲谈。她早已习惯并深爱着这种自由自在、与世无争的生活。若是遇上路见不平之事，也愿为他人仗义援手。想到这儿，兰儿忽然心念一动，利落地翻身跃起，向着镇上走去。

“兰儿姐，救救我……救救我……”

时断时续的呼救声，随着清冽的风传到兰儿耳里。她赶忙屏住呼吸，侧耳辨听。

“兰儿姐，你在哪儿啊？快来救救我！”

呼声越来越急，求救声越来越清晰。没错！是桂花。

桂花披散着头发，敞开着衣襟，嘴角上流着血，三步并作两步，拼命跑过来，一头扎进兰儿怀里，止不住放声大哭起来。哭声带着凄楚、耻辱和无奈。

“桂花妹，不要哭，不要怕，有话慢慢说。只要有我在，就是天塌下来，姐姐也会给你顶着！”兰儿一边替桂花抹去脸上的血迹，一边安慰她。

“兰儿姐，早上我看见一个二流子正在欺侮一个女人。我实在看不下去了，就走上前去说了两句公道话。谁晓得那二流子却转身来，一把撕开我的衣衫，当众羞辱我。我气愤不过，一口咬住他的手指，趁他剧痛时，才挣脱跑来向你求救。”

桂花跟兰儿久了，懂得的道理多了，遇事也多了个心眼，学着兰儿那样，路见不平，拔刀相助。即便没有兰儿的功夫，也要像她那样正直、善良。

“好妹妹，原来是这样。你做得很对！走！我们去会会他！”

到了现场，那二流子正在犯浑。

“哟哟哟！我的乖乖，不要不好意思嘛！只要你愿意和本少爷在一起，我保证让你吃香的喝辣的，比你在街边穿针引线、挨饿受冻强百倍！”

“张少爷，你要买袜垫就买，不买就请你不要在这里胡闹，拿一个妇道人家寻开心。”

张少爷一听，打着哈哈：“什么叫寻开心？什么叫胡闹？我张某人看你可怜，看你孤独、辛苦，瞧得起你，是你的福分。你一天从早做到黑能赚几个钱？我给你两个大洋，拿去定制几套新衣裳，打扮得漂漂亮亮的，让我高兴高兴，这有什么不好呢？”

女人捡起洋钱，往前一抛：“我不稀罕你的钱！”

“你这死婆娘，给你脸你不要！信不信我砸烂你的摊子？”

兰儿把这一切看在眼里。她强压住怒火，走上前去：“兄弟，你听我说说好不好？俗话说得好——‘撵人不上百步，好男不跟女斗’。你堂堂一个大男人，又何必欺负一个弱女子呢？”

张少爷一看，怎么又从哪里钻来个漂亮的美人：“哎哟哟！我从来没见过这么细皮嫩肉的女人喽！”

“你这个不要脸的东西！今天不给你点苦头吃吃，你不晓得天有多高地有多厚！”

“嘿嘿嘿！你给我点苦头，我给你点甜头，这叫作两厢情愿。来呀！”张少爷边说边无耻地朝兰儿抓去。

兰儿身子一侧，顺手一带，那张少爷就一跟头摔在了大街上，痛得哇哇大叫起来，起身之后又不顾一切地向兰儿扑去。兰儿伸出两个指头在他的耳门“啪啪啪”点了几下，张少爷顿时就像换了个人，站在原地，呆若木鸡，一动不动了。

“大姐，你在什么地方住？我看今天的生意就不要做了，我们一块儿陪你回去！”

听兰儿这么一说，那女人一边流泪，一边从地上捡起被踢翻在地的货物。

张少爷回到家里，他父亲张贵看着他那傻乎乎的样子，不说也不笑，心里明白，这不争气的儿子肯定是走多了夜路撞了鬼。他埋怨儿子恨铁不成钢，整天不是酒馆就是青楼，游手好闲，漂流浪荡，尽给他找麻烦。可他又不得不宠着这个独子，舍不得打骂，出了什么事，总是自己出面解决。

他把儿子带到大夫面前，大夫看了半天，最后才说，可能是被人点了哑穴。

张贵听大夫这么一说，才想方设法打听到事情的原委。他心想，家有家规，国有国法，自己没管好儿子是家里的事，自己的儿子不该由一个女流之辈来管教，于是决定把兰儿告到警察局去。

警察局长看了张贵递来的状子，一下子就变了脸，还把状纸撕成了碎片。他一边撕一边骂："你儿子不务正业，招摇撞骗，风流成性，本应受到严惩，你还敢来为他喊冤？"

张贵被警察局长狠狠教训了一顿，脑子里却丈二和尚摸不着头脑。连警察局都惹不起的人，究竟是哪路神仙？

第十二章

天空仿佛破了个窟窿，狂风裹挟着雨点，狠狠抽打着八面山上的林木，树木被刮得唰唰作响。

连日来，亚军几乎每天都会登上钟山顶。他一边掰着指头算日子，一边盘算着表伯曾纪凤的寿辰就快到了，心里琢磨着打几只野物，好去孝敬老人家。然而，老天爷似乎总跟他作对，一连下了半个月的雨。屋顶的瓦片、裸露的青石板，还有坑洼不平的山路上，都长出了一层嫩绿的苔藓。满沟满坡的草、满山满岭的树，都低垂着湿漉漉的脑袋，无精打采，毫无生气。

站在钟山顶上极目远眺，能让人顿生“一览众山小”

之感。要是想观察天气状况，只需在天刚蒙蒙亮时，看看古镇南边分水岭上空的情形，就能大致判断当天会不会下雨。

这天，亚军像往常一样早早起身，伸了伸懒腰，草草洗漱后，便匆匆爬上钟山顶。抬眼望去，只见缕缕山岚瘴气从山脚缓缓升起，与山腰那团团白雾渐渐融为一体，缥缥缈缈，如梦似幻，弥漫在群山峡谷之间。置身其中，让人感觉山在旋转、树在摇晃、天地在起伏，仿佛进入了虚幻之境。

可亚军怎么也高兴不起来，分水岭上空依旧看不到一丝放晴的迹象。他垂着头，陷入了苦苦思索中。表伯一个甲子的寿辰，这可是件大事啊！日子一天天逼近，给老人家祝寿的礼物还没准备好，他怎能不着急呢？

兰儿看到亚军总是闷闷不乐的样子，心里清楚他为何发愁，很为他着急。她托人从古镇买来了纸钱香烛，又从灶沿上割下一方腊肉煮熟，放在竹篮里，让亚军带着。兰儿本是不信这些的，但她知道亚军的父辈们在山里打猎，要燃上一炷香，占上一卦，祈求老天爷和土地菩萨保佑平安、猎获丰收。

赶到山顶时，天还未亮。他取出猎刀，将腊肉切成数块，点燃纸钱香烛，倒上酒水，先是恭敬地拜天地，接着按照东南西北的顺序依次拜四方。他这般不紧不慢地拜完之后，从腰包里掏出一片叶子烟，掐成小节卷成喇叭筒状。点上火，“叭哒叭哒”地一口接着一口猛吸起来。一杆烟还未吸完，东边天际便露出了鱼肚白，紧接着放射出一道道灿烂的金光。那金光裹挟着鲜亮的红色、黄色、紫色和橙色，穿过多日不散的浮云，让人得以领略到久雨初晴时那绝妙的景致。有诗为证：

山前山后玉玲珑，窈窕深连一径通。

复有楼台含暮景，更无尘土翳虚空。

三千色界银沙外，十二栏干玉海中。

白雪调高歌不得，浩然诗思杳无穷。

观看良久，亚军突然有了灵感，亚军不再为表伯祝寿备礼犯愁了。他凭着自己多年捕猎的经验，直接进大山打几只野物就行。

亚军打猎很有天赋，又肯动脑筋。他能根据鸟窝的形状辨别出是什么鸟，还能从鸟窝的颜色判断有无鸟儿栖息。要是雨后，他辨认野兽脚印更是不会出现半点差错。通过观察脚印的大小、形态、深浅等，他就能辨识出是什么猎物。由此，在何处张网，在哪条道上设卡，他都胸有成竹。

第十三章

八面山尚有许多人迹罕至之处。有时翻山越岭，耗时一天半日，也不过只能在大山深处的某个山坳或背风处，瞧见几座吊脚楼。这里没有宽阔平坦的通衢大道，唯有蜿蜒崎岖的羊肠小道蜿蜒其间。

兰儿在八面山上，走过这里的蜿蜒山路，饮过这里的潺潺泉水，尝过这里风味独特的老腊肉，睡过这里的竹板床，听过山民们驱赶野兽的牛角号，她真切地觉得，这就是神仙般的日子。

寿宴当日，天刚蒙蒙亮，亚军和兰儿吃过早饭，关好大门，拴好猎狗，朝着桃子坝走去。他们一边轻声说着悄悄话,一边惬意地呼吸着空气中弥漫的野花芬芳。不一会儿,太阳慢慢爬上了山顶，一束束鲜亮夺目的光柱穿过树叶和树枝的缝隙，在微风吹拂下，宛如千万只彩蝶在蹁跹起舞。

这时，桂花从盛开杜鹃花的丛林中，蹦蹦跳跳地走来，宛如深山里的一只凤凰。只见,她一张圆圆的脸蛋白里透红，一双水灵灵的大眼睛晶莹剔透，一朵兰花别在头上暗飘幽香，一件月白色镶嵌花边的上衣，搭配着一条藏青色下装，穿在她匀称的身姿上，美得让人移不开眼。兰儿看得发愣，直到那姑娘走到她面前，她才回过神来。

“哟！我还当是深山老林里钻出来的狐狸精呢，原来是桂花妹妹！”兰儿笑着打趣道。

桂花嘟着一张小嘴，娇嗔道:“兰儿姐，你又拿我寻开心。你当我不知道吗？你身材比我好，牙齿比我白，头发比我黑，穿着比我时髦，样儿比我俏。我这‘刺梨子’哪里比得上你这‘花红’哟？”

亚军突然回过头来,打了个哈哈,说道:“哎！你们俩呀，大哥莫说二哥，两个都俊俏得没话说。一个是美丽的孔雀，一个是多姿的凤凰。”兰儿和桂花一听，心里像吃了蜜一样甜滋滋的。

桂花朝亚军做了个鬼脸，抢在兰儿前面，兰儿紧跟其后，他们要赶在太阳当顶前，去参加曾继凤老爷子的寿宴。

走了没多久，遇上了黑娃兄弟。

“黑娃兄弟，你打算给表伯祝寿送些啥呀？”亚军问道。

“我的礼物是父亲准备的，两包杂糖、五斤寿面，还有十斤糯米。”黑娃回道。

亚军“哦”了声，又接着问：“桂花妹，你准备送点什么呢？”

桂花说：“十斤黄豆和两个大糍粑，还有五十个鸡蛋。”接着桂花又反问道：“亚军哥，你们送什么呢？”

“我们特地打了野味送给表伯。”

桂花和黑娃听了亚军的捕猎经验，不由得大为赞叹。

第十四章

曾继凤家用龙骨石板铺就的院坝和宽敞的廊檐下，早已挤满了前来贺寿的宾客。他们三个一群、五个一伙，有的惬意地嗑着瓜子，有的悠闲地品着茶，有的正热火朝天地摆着龙门阵，热闹得很。

“贵客到！里面请！”管家见亚军一行客人到来，即打了一声响哨。

“几位贵客，这边请！”旁边一个前来帮忙的伙计，一边说着一边在前面引路。紧挨着堂屋的客厅中央，一张八仙桌旁围坐着几位气度不凡的客人。

亚军夫妇走到曾老爷跟前，弯腰躬身，齐声道：“表伯好！

祝表伯生日快乐，身体健康，福如东海，寿比南山！”

曾继凤见状，十分高兴地说道：“你们俩来得正是时候！来，我给你们引荐引荐。这位是镇长苏老爷。今后但凡有什么事，只要是在他管辖的范围之内，你们尽管开口便是。”说完，他又回头指着亚军和兰儿，介绍道：“这是我表侄周亚军，是铜商号的股东。这是我表侄媳妇兰儿，还望多多关照！”

兰儿一边恭敬地打躬作揖，一边在心中暗自思忖。早就听闻土家人性情耿直爽快、重情重义，今日一见，果然名不虚传。在这片土地上，亲朋邻里之间，无论是结婚、建房、寿庆、乔迁，还是丧葬，大事小情都要彼此关照、相互帮衬。

就说婚庆之事吧，不管哪家有喜事，三亲六戚、街坊邻居都会齐刷刷地前往贺喜。大家帮忙迎亲、过礼、布置新房，还悉心照料各方来客，场面热闹又温馨。要是遇到哪家修房造屋、上梁立柱之时，整个寨子的人都会自发前来帮忙，分文不取，尽显淳朴与团结。到了农忙时节，割麦插秧、打谷扬场，邻里之间也会主动伸出援手，只需主家提供饮食，从不计较报酬，千百年来相沿成习。

“开席喽！该入座的就入座喽！走走走，去坐席！”

众人来到客厅，宾客们按照尊卑长幼有序入座。第一轮便满满当当地坐了十二桌。司礼先生主持仪式，镇长起身致祝酒词，言辞恳切，祝福满满。

寿星曾继凤老爷子举起酒杯，一饮而尽，以示谢意。

第十五章

吃完饭，桂花和兰儿来到街沿，只见院坝里围着一大群人，正热火朝天地进行比手劲儿、揪扁担的较量。一个、两个……她们接连看到有三个年轻人都败在了黑娃手下。

这时的黑娃满脸是笑，一副趾高气扬的模样，压根儿没把旁人放在眼里，还不停叫嚣："来呀！来呀！还有谁敢来？"

"让我来试试！"一个满脸胡须的壮汉突然走了出来。他伸出粗壮的大手，边说边朝黑娃走去，随后与黑娃一同握住了一根宽大肥厚的楠竹扁担。黑娃不动声色，也不发怒，只是瞪着一双大大的眼睛，双腿微屈，呈马步状，手上慢慢用劲。

黑娃已连赢三人，心想先使出半成力来试探一下对手。壮汉却咬紧牙关，使了八分力。扁担在两只手掌的较劲中发出“吱吱吱”的摩擦声。眼看壮汉要赢，周黑娃大喊一声：“过来！”话音刚落，那扁担竟突然朝着反方向被扭转了过去。

黑娃又赢了壮汉。这一场胜利，让他越发神气，他双手叉腰，扯着嗓子大声叫嚷起来：“还真不是吹牛，事实就摆在眼前！牛皮可不是靠嘴吹出来的，火车也不是凭人力能推动的。在这三沟两岔的地界儿，我黑娃揪扁担还从没碰到过对手！来来来！还有没有哪个敢来挑战？”那声音震耳欲聋，那神情盛气凌人。

兰儿边看热闹边喝茶，心里想：“黑娃呀黑娃！仅凭借几分蛮力，就在那儿卖大。今天我让你在大庭广众下好好长长见识！”

这么想着，她便走上前去，说道：“我来试试怎么样，黑娃兄弟？”

黑娃一听，立马打着哈哈，满脸不屑：“大嫂，你来你来！我一只手揪你两只手，揪不赢你，我甘愿拜你为师！”

其实，黑娃第一次见兰儿时，就眼红堂哥福气好，娶了个漂亮的媳妇。他心怀鬼胎，没少暗地里拿嫂子寻开心。兰儿早就想找个机会教训一下这个有些讨厌的堂弟。

这时，人群中纷纷响起了掌声："要得！要得！黑娃，你不是自诩没遇到过对手吗？我们想看看，到底是你赢你嫂子，还是你嫂子赢你？"

兰儿走近黑娃，悄声道："兄弟，我们找个公证人，好不好？你我比试，谁输谁赢，公证人说了算。还有，我提醒你见好就收，找个理由取消比试。换句话说，你现在认输还来得及。"

黑娃一听，脑袋摇得跟拨浪鼓似的，更加得意地直嚷："来！来！来！谁输谁赢，比了才晓得。嫂子，你是怕赢不了我，后悔了是不是？"

"我来当你们的公证人！谁赢谁输，让事实说话。"寿星曾继凤满面春风地站出来要给他们做公证。

周黑娃看向兰儿，挑衅中带着几分戏谑："大嫂，有寿星公给我们做公证，我看再合适不过了，你表个态吧？"

兰儿微微一笑，神色从容："表伯来当见证人，再好不过！谁敢不依！"边说边伸手稳稳地握住扁担一端，"兄弟，看在你喊我大嫂的份上，今天比试，我就不用双手了，只用单手与你较量！”

黑娃心里暗自盘算：“单手也好，双手也罢，反正她今天输定了。她这是给自己找个台阶，留条退路，我懂！”

兰儿留意到满院子的人都在交头接耳、唏嘘议论。几位妇女小声嘀咕着：“一个女人，跟个大男人揪扁担，这不是自讨苦吃、自找没趣嘛！”

曾继凤见他们已拉开架势做好准备，于是抬手一挥，高声道：“大家请静一静！”顿时，整个院里鸦雀无声，众人都在等着公证人下令。

只听见一声清亮的“比试开始！”话音刚落，黑娃心想：“我要抢占一步，先下手为强。”于是，他调动全身之力于右手臂上，猛然发力，可那扁担却纹丝不动，仿佛被卡在了坚硬的石头缝里。“糟糕！怎么揪它都不动，难道嫂子会使定根法不成？”

这时，兰儿瞧见黑娃眼珠子滴溜溜直转，便微笑着宽慰道：“兄弟，别着急，再加点劲儿试试！”黑娃见有机可乘，趁兰儿说话分神之际，双脚紧扣地面，将全身之力都集中到右手掌上，大喝一声：“过来！”只听见“咔嚓”一声脆响，那根粗壮夯实的楠竹扁担竟被揪折了。刚才还安静得落针可闻的院子，瞬间像炸开了锅，众人忍不住大声惊呼起来。

黑娃这时才恍然大悟，清楚自己根本不是大嫂的对手。他心里盘算着，得趁机借个阶梯下台，免得输得太难看。于是，他急忙说道："嫂子，你看这样行不行？咱们别再比了，就算打了个平手，如何？"边说边往外溜。

这时，院子里爆发出此起彼伏的吼声："黑娃，比拼还没分出胜负呢，你就想开溜！可没那么撇脱[①]。谁要是溜了，谁就算认输！"场内看热闹的人暗暗吃惊，交头接耳："这女人是谁啊？哪来这么大的力气？"几个妇女凑在一起叽叽咕咕："她是不是在使什么妖法哟？"

这时公证人把手一挥，示意大家安静下来。此刻，黑娃被窘得脸红脖子粗，他环顾四周的人群，心里后悔得要命："早知如此，何必较劲。看来想走走不了，想赢也赢不了。我已经把吃奶的力气都使出来了，而大嫂看起来只用了八分力，比不比结果都一样！但在众目睽睽之下，我决不能输了力气又输志气。"

---

① 撇脱：四川方言，容易。

想到这儿，他转身接过扁担一端，静下心来，调匀气息，把全身之力集中到右手，突然发力，想用巧劲把对方揪赢，可那扁担却像生了根似的一动也不动。

“兄弟，你再不用力，我可就要发力喽！”话音刚落，只听黑娃“哇”的一声，扁担从他手里崩了出去，他的虎口被撕裂，鲜血直流。

这时，场上响起雷鸣般的掌声。

曾继凤看着黑娃，严肃地说：“刚才你是怎么说的？当着大家的面，履行诺言吧！”

人群中有人起哄：“周黑娃！周黑娃！还不跪拜！拜啊，拜啊！”

黑娃听到众人的起哄声，羞愧得满脸通红，一直红到了耳根。在一阵阵哄笑和催促声中，他扑通一下跪在地上，嗫嚅道：“师傅在上，受徒弟一拜！”

第十六章

到了夜里，曾家大院上空，被数十支火把和院中的火焰映红了半边天。

火光之下，数百张不同性别、不同年龄的脸，犹如着了色的面谱流光溢彩。在莽号那低沉雄浑、牛角那悠扬嘹亮、锣钹那激昂铿锵、竹梆那清脆利落的五花八门乐器声中，众人围着那熊熊燃烧的火堆，欢快地踢踏着脚板，扭动着身躯,扯着嗓子高声歌唱,尽情地沉浸在这场狂欢之中。数十个粗犷的嗓门，发出的是声嘶力竭却又充满激情的歌声；几十种不同乐器，奏响的是狂风暴雨般猛烈的、气势如虹的乐声，如同汹涌澎湃的海浪，一波又一波地吞噬着环抱曾家大院的土家山寨。

钉钹锄头是两块，

种出庄稼逗人爱。

黏米留来自己吃，

糯米拿去市场卖，

红苕洋芋当小菜。

这歌词，这调子，一切都透着原始质朴的气息，就像山间那清冽甘甜的山泉，纯净而自然；又似那裸露在外的岩石，质朴而刚硬。大家无拘无束，无羁无绊，边跳边唱，边唱边跳，尽情释放着内心的喜悦与热情。

九霄明月映三多，

十月和风拂武陵。

欢歌摆手起婆娑，

油茶腊肉晏家宾。

“夜深了，我们也该回去了。”亚军招呼兰儿，与桂花一同辞别曾继凤和另外几位前辈，打着火把朝八面山走去。

走出曾家大院，桂花拉起兰儿的手，看了又看，边看边说：“兰儿姐，你这么大的力气，是不是使了什么妖法哟？”

“迷信脑壳，这世上哪有什么妖法！力气都是靠成年累月练出来的！”亚军在一旁接过话茬，带着几分责备说道，“兰儿啊兰儿，今天这事你做得不好。你这么做，不是诚心让咱们周家人丢脸吗？二叔要是知道了，肯定不高兴。”

兰儿心平气和地回应：“这有什么好不好？你又不是不晓得我的脾气。你兄弟平日里目中无人，我只是借此机会教训一下他，让他学得谦逊点儿！”

说来也怪，黑娃自从那次当众出丑之后，变得规矩了许多，还真心诚意地要拜兰儿为师。

第十七章

一天夜里，暴雨倾盆而下，将山中的森林、屋面上的瓦片、房前的院坝、路上的石头，都冲洗得一尘不染，在阳光的辉映下闪闪发亮。

“表爷爷！表爷爷！表爷爷在家吗？”

袁世才听见亚军和兰儿的声音，赶忙迎了出来，招呼他们进屋坐下。

袁世才是桂花的隔房爷爷，桂花是兰儿的好朋友。按规矩，兰儿要唤袁世才作“表爷爷”。

“表爷爷，您的眼病好些了吗？我到镇上给您拣了几服中药，用来熬水清洗消毒，每天洗三次，洗一次点一次眼药水。大夫说很快就会好起来的。”兰儿关切地说道。

“多谢你们喽！总把我这个瞎眼老汉挂在心上。自从你们来到八面山，乡亲们可算有了依靠。过去那些土匪地痞，又歪又恶，又抢又偷。现在有你们撑腰，我们八面山的穷苦人才不受他们欺负了。今天啊，我就把八面山的宝贝，讲给你们听听。”表爷爷满脸感激，打开了话匣子。

“火狐狸、血柏和天麻，并称八面山三宝，其中火狐狸更是宝中之宝。不过啊，我也是听老一辈人讲过，自己却从来没见过。

“唉！人老了，眼睛也不中用了。不然的话，我还能带你们到二仙岩去，那儿就是藏宝的地方。二仙岩又叫神仙岩，传说赤脚大仙曾在那山洞里住过。

“二仙岩山势峻峭，古树参天，植被丰厚，土壤肥沃。所以，虽然海拔高，气温低，可偏偏有那么一块地方，即便在大雪纷飞的冬天，也不会积雪。更奇怪的是，在这块地上生长的天麻，具有一些对身体的奇效。

“很久很久以前，有个外地郎中，一心想要见识二仙岩的天麻，在那里待了一个冬天。后来，他终于发现一块冬天不积雪的地方。结果呢，他挖地三尺，几乎把土都刨光了，也没挖到天麻的影子。后来就有了天麻是神药的说法，还说除了锅儿吊起做罄打的穷人，有钱人休想挖到二仙岩的天麻。”

兰儿在一旁听得睁大了眼睛，半信半疑地问道：“表爷爷，你挖没挖过二仙岩的天麻呢？”

“哎！这事说来话长。那时，我还不到二十岁。父亲要我到二仙岩去砍几棵血柏。血柏又称紫杉，也叫红豆杉，它的纹理细密，木质坚硬。也是八面山的一宝，用它做成橱柜装食物，可以防虫防潮防腐。如果用生长在峭壁上的千年血柏做内棺，更是珍贵无比，一口内棺可抵十担水田地租。”

“啊！这是真的吗？这种木材真有这么神奇、这么贵重呀？”兰儿满脸惊讶。

“还有更神奇的说法！用血柏做成的棺木，八字大的人才能用，八字小的人服不住。”

“表爷，你砍血柏来做什么呢？”兰儿追问道。

“当然是拿去换钱买粮食呗！

“那是个下着鹅毛大雪的鬼天气，二仙岩上北风呼啸，吹得树枝飕飕作响，吹得雪花漫天飞舞。趁着这样的天气，我本打算往腰上拴绳子，以防摔下悬崖，谁知一不小心，脚下打滑，未等我反应过来，就摔下山崖什么都不知道了。

“不知过了多长时间，我才从昏睡中醒来，发现自己躺在崖脚下。巧的是，那正是那块不积雪的地方。这个地方不仅救了我这条命，还让我无意中找到了天麻。”

第十八章

“兰儿姐，我到处找你们，找了好久都找不到，原来你们在我爷爷这儿呀。”

“桂花，找我们有啥事吗？”

桂花把嘴靠近兰儿，悄悄地说道：“莫问！莫问！等会儿你们就知道了。”

桂花跟爷爷打了声招呼，拉起兰儿就走。亚军见状，赶忙跟在她俩后面。

突然，桂花做了个噤声的动作，示意兰儿和亚军别出声。然后她轻轻挪动双腿，朝着一个被刺笆笼封住的道口靠拢。

刺笆笼里发出“唰唰”的响声，一团火苗般的东西在不停摇动着的刺笆笼中时隐时现。那是什么？他们明白有猎物钻进了绳套。

那猎物机灵得很，一听到响声，立刻趴在地上，一动不动。啊！原来是只狐狸，长着长长的鼻子，脸腮瘦削，一副落魄相，好似在乞求他们的同情。

他们像猫捉老鼠一样，悄悄围了上去。“哇！”这意外的惊喜让三人不约而同地发出惊呼。

只见那猎物浑身上下裹着火红的绒毛，活像炉膛中一团熊熊燃烧的火球，色泽鲜亮，红得晶莹剔透。他们高兴得半天都没缓过神来。“难道这就是传说中的火狐狸吗？”兰儿忍不住说道。

“小心点，不要把它弄伤了！”被绳套套住的是一只牙齿还未长全的小狐狸。它紧闭着双眼，匍匐在地上，不知是因为年幼缺乏经验，还是出于本能，浑身筛糠似的颤抖个不停。

亚军迅速从腰上取下一只布袋，叉开袋口，以迅雷不及掩耳之势朝猎物罩去。在一阵可怜兮兮的哀叫声中，那小家伙变成了他们的囊中之物。

“救命啊！救命！”几乎是同一时刻，山坳那边传来一阵急切的呼救声。亚军让兰儿和桂花收好猎物和猎具先回去，自己则朝着呼救的方向匆匆跑去。

兰儿和桂花回到竹林湾，把小家伙从布袋中放出来，小心翼翼地把它安放在一间草房里。

“桂花妹，你去厨房烧点水。我到后山去扯点草药回来，小家伙伤得不轻。”兰儿说道。

“兰儿，兰儿！快来帮我一把！”兰儿刚走进屋背后的林子，就听见有人喊她，赶忙折返回来。只见亚军正搀扶着一位上了年纪的男子。

那人瞧见兰儿，低着头长叹了一口气，接着压低嗓门，自言自语道：“我姓韩，是个跑江湖的郎中。常年在这八面山一带采药行医，走村串户。前几天我到古镇摆摊，摊子上缺了一味药，听说八面山的天麻药效神奇得很，就趁着天晴赶了过来。哪知道药没采到，反倒不小心摔伤了。唉！真是倒霉，给你们添麻烦了。”

“您不要客气！俗话说‘山不转水转，水不转石头转，石头不转磨子转’。你来咱们八面山采药，遇上我们也是缘分，哪有什么麻烦不麻烦的。您就安心住下，什么时候把伤养好了，什么时候再下山。只要您不嫌弃，饭管够，绝不会让您饿着肚子。”

“多谢！多谢！大兄弟、大妹子，你们都是好人啊！”郎中那一双眼珠子滴溜溜直转。他没想到，在这样的大山里，竟能碰到这般如天仙般的女子。他心中那倒霉的晦气一扫而空，脸上绽放出灿烂的笑容，一个劲儿地表达着谢意。

兰儿一看郎中的伤，发现根本不是什么摔伤。于是她说道：“我和桂花先去弄点药，把小家伙的伤包扎好了，再来帮您疗伤。”转身出了屋。

亚军心里明白，兰儿口中的小家伙，是指那只小狐狸。那小狐狸的确叫人怜爱，它的皮毛、颜色、模样、表情，没有一处不招人喜欢。

“我刚才听大妹子说，他们要去给小家伙包扎伤口。大兄弟，这小家伙是谁呀？受了什么伤？让我也过去看看，好不好？我是郎中，有治疗跌打损伤的特效药。就像我这种伤，只要敷上一两次这种药膏，保证立马止血，当天伤口就能封口，三天消肿，一个星期就能下地。”郎中一口气说了一大堆话后，一边看着周亚军，一边挪动身子，打算站起来。

其实，他哪里知道，亚军和兰儿都习武。他们治疗跌打损伤的配方，比一般跑江湖的郎中所用的方子还要好。

“莫要乱动！韩大哥。小家伙的伤不打紧，要紧的是你！”

“唉！人背时鬼推磨，走在平地上都会摔跟斗，这点皮肉之苦不算什么，只要人还活着，那就是老天开眼，有造化。再说，又能遇到你们这样的好人，那才是天大的福气和缘分。咱们交个朋友，如何？”

“好啊！多个朋友多条路嘛。韩大哥为长，亚军稍幼，请大哥受小弟一拜！”因为对方是被亚军此前为捕猎所设的陷阱所伤，所以亚军心里着实有些过意不去。可仔细琢磨琢磨，又觉得这事实在凑巧。这个郎中和小狐狸，怎么会在同一天几乎同一时间受伤呢？难道他上八面山挖天麻是假，来猎取火狐狸是真？自己安套的地方，正如他们所说，本就不是人该轻易涉足的险地，他为什么要去？倘若他真是郎中，也真是去挖天麻，那就更让人起疑了。他不可能不明白，天麻通常长在什么地方，不该长在什么地方，怎么会跑到那种地方去挖天麻呢？

“韩大哥，你常年在外奔波，上山采药，进城摆摊，行医治病，见多识广。我想跟你请教一件事，我今天早上到二仙岩去，发现一只火红的小狐狸，不知道你以前在八面山上采药的时候，见没见过这种狐狸？”

“大兄弟，刚才大妹子说的‘小家伙’，恐怕就是那只火狐狸吧？你运气好哟！我活了几十年，武陵山区这一带，没有哪座山我没有跑过，可从来没有见过这种狐狸，说不定就是传说中的火狐狸呢。这种稀罕物，莫说被你们捕到了，就是亲眼瞧见了，也会给你们带来好运的！”

郎中在亚军家养伤，一连住了两个星期，伤口已经愈合，这段时间，他把亚军家的情况摸了个一清二楚。

第十九章

“兰儿姐，走！今天我带你到一个叫猴子岩的地方去。”

“什么猴子岩，在哪儿？你带我到猴子岩去做什么？”

桂花告诉兰儿八面山上有个叫猴子岩的山寨，山上灌木丛生、藤蔓倒垂、野果飘香，洞穴星罗棋布，是山中野物繁衍生息的好地方。

“我爷爷为了和猴儿们相熟些，隔三岔五就带着干粮和生活用品，去和猴儿们同吃同住。

“刚开始的时候，猴儿们根本不理睬我爷爷。爷爷抛出干粮和果子给它们吃，它们不但不领情，还四处逃散。爷爷一次次地尝试，一而再再而三地亲近、照料它们，时间一长，只要爷爷一声吆喝，成群结队的猴儿就会呼啦啦地涌过来。

“有一年夏天，两个自称是来自河南的耍猴人，住在爷爷家。为了得到黑猴，他们在爷爷面前苦苦哀求了三天，爷爷始终没有答应他们的请求。

“那时我还小，一会儿看看爷爷，一会儿看看那两个人，心想怎么不找我呢？

“果不其然，他们说服不了爷爷，就把功夫花在我身上，一边不停地夸奖我，一边连哄带骗，哄我帮他们去逮猴子。

“第二天，我背着爷爷，带了些粮食，一路上还顺手摘了些野果，一个人偷偷爬上猴子岩，钻进一个小溶洞，像过去一样，用携带的干粮和野果逗引黑猴。

“那时候凡是猴子能去的地方，我几乎都能去。猴子岩上的一草一木、一山一石，哪儿有棵古树，哪儿有个洞窟，哪儿有股泉水，我都一清二楚。

“我常常一个人偷偷跑去猴子岩，把猴子引进洞，给它们干粮和野果吃，看着它们上蹿下跳、你追我赶，嬉闹取乐。那些猴子有时趴在我肩上，给我抓痒，给我梳头，久而久之，我被黑猴当成了亲密的伙伴，黑猴也变成了我的朋友。

“后来，我和猴群玩耍了大半天，累得坐下来歇口气。歇着歇着，我就琢磨起来，猴子岩上的人大多靠捕杀野物来贴补生活。大家都说黑猴值钱，可从来没人去惊动它们。记得前几年，也有人出天价想买黑猴，可没人答应。

“想到这儿，我有些害怕。好多让人犯嘀咕的事情，大人都不敢做，难道我偷偷做了，不让他们知道，就真的没事吗？黑猴真是动不得的吗？我也不是为了钱，我就是不服气。他们说我骗人，说一个小孩比大人还会编故事，根本就不相信我能逮到黑猴。他们说耳听为虚、眼见为实，非要我逮两只给他们看看。

“尤其是那个耳垂旁长了颗黑痣的人，一张马脸似笑非笑的，尽拣些好听的话说，还给我吃用花花绿绿的纸包着的糖果。

“我想了很久，越想越糊涂，越糊涂越想。想到后来，睁开眼睛一看，几十只猴子围坐在我身边，一个个规规矩矩的，没有一只猴子发出一点声响，也没有一只猴子动弹一下四肢。

“我被眼前的情景惊呆了，完全搞不清这是怎么回事。我只知道，天色渐渐暗了下来，夜幕很快就要降临。要是再不往回走，碰上豺狼虎豹，可就下不了猴子岩了。于是我赶紧抱起两只小猴子，装进口袋，匆匆忙忙就往山下跑。我是黑猴的朋友，我带着小猴子下山，它们一点儿反感都没有。

“那天，爷爷从地里干活儿回来，发现我不在，再一看，住在家里的那两个河南人也不见了踪影。

“爷爷当即就朝着猴子岩奔去。爷爷跑到猴子岩，一眼看见我的同时，也听到了一阵撕心裂肺的尖叫。

“就在我把两只小猴子从口袋里掏出来，递给河南人的那一瞬间，猴子们发出了让人毛骨悚然的嘶吼。那声音直刺破黄昏时分的天空，在茫茫的森林中回荡，传进了栖息在洞穴里那群黑猴的耳朵。它们听到这尖叫，犹如战士听到了冲锋号，纷纷腾挪跳跃，以排山倒海之势冲下山来，扑向正在收拾小猴子的两个河南人。

“此时，我吓得跑到一棵大树下，惊恐地睁大眼睛，大气都不敢出。

“两只上了年纪的黑猴，从那两个陌生人肩上夺过口袋，腾跳到一旁。它们龇牙咧嘴，叽里呱啦地叫着，指挥着几只雄猴，抓住他们的头发、耳朵、衣领和裤管，扯过来推过去。有的拍打脑袋，有的弹踢屁股，把两个河南人当作皮球踢打。他们的衣服被抓破了，脸上也划出了道道血印。

“这时候，爷爷取下挎在肩上的火药枪，将枪筒朝天，扣动扳机。只听‘砰’的一声，枪管吐出长长的火舌，发出炸雷似的轰响。霎时，原本喧嚣恐怖的大山一下子沉静下来。猴群仿佛接到了什么无声的命令，倏地一下停止了攻击，紧接着前呼后拥地朝着猴子岩跑去。

“‘我就说嘛，那些猴子猴孙机灵得很。谁都没去惊动过它们，你们偏偏不信，这下总该服气了吧。’爷爷一边数落着，一边把那两个陌生人扶了起来。

“‘唉！不听老人言，吃亏在眼前啊。谢谢老人家，我们不该骗人，更不该诓骗您的小孙女。今天要不是您老人家及时赶到，恐怕我们的小命就丢在这儿了。’爷爷留他们吃过晚饭，再把他们送走，便睡下了。可不知为什么，他就再也没有醒来。村里人按照爷爷生前的要求，把他老人家埋在了猴子岩，让他永远和猴子们待在一起。”

第二十章

兰儿和亚军打算去镇上赶场，想着在铜商号多住上几天。一来换个环境放松放松心情，二来也好跟谭老板交流交流生意上的事情。

谭作安一瞧见亚军夫妻俩来，打心眼里高兴。他赶忙吩咐人把屋子收拾得干干净净，又从地窖里取出封存多年的雪水，烧起木炭炉，把水煮沸。谭作安打算亲自给这对年轻的夫妻泡上一盏碧雪绿茶。

随着谭作安一番操作，茶盏里渐渐透出淡淡的茶香、嫩嫩的绿意，仿佛能看到那若有若无的雀舌模样。这时，谭作安才将沸水缓缓冲入茶盏，然后轻轻盖上茶盖。

不一会儿，客厅里已然弥漫着浓郁的茶香。这香气，让人还没尝上一口茶汤，就已经深深沉醉其中。等真把茶喝进嘴里，茶汤顺着喉咙流进肚里，能明显感觉到这茶汤不仅清香爽口，而且回味甘甜，从里到外，把人浑身都熨帖得舒舒服服。

亚军一边品着茶，一边在心里琢磨："谭大哥把我们当贵宾一样对待，拿出这么好的茶来招待我们，还亲自动手沏茶把盏，这份情谊可真是难得。"

兰儿接过茶杯，感觉甜润里裹挟着兰花清香。于是随口吟道："此茶只应天上有，余香弥漫在人间。"

品过茶，摆了些生意场上的龙门阵，谭老板便叫来账房先生，一笔一笔地算账给他们听。亚军和兰儿算了算，本季度比上季度多分不少。照这样算下去，修房造屋、办学堂就不用发愁资金问题了。

兰儿心系八面山的乡亲，几番思考，发现八面山上的人最缺的是知识，是文化。于是，她提出在八面山上修建学堂的想法，得到了丈夫亚军的认同和支持。

眼下有了分红所得的钱，兰儿便从镇上请来建筑设计师。在大家的努力下，学校很快就建起来了。

学校建成后，兰儿高兴得睡不着觉，忙里忙外地做着开学前的准备。八面山上的山民们奔走相告，敲锣打鼓地把孩子送过来，让兰儿教他们读书识字。

千百年来，川东南一带，为了庆祝五谷丰登、六畜兴旺，祈求风调雨顺，人们都要杀猪宰羊，大摆宴席以示庆贺。这次开学典礼，人们聚集在学校操场上，用同样的方式来共同庆祝这一盛事。

学校办起来了，兰儿和亚军越发忙碌。于是，他们商量着把黑娃、桂花以及李家溪的菊花请来帮忙。

孩子们从“天地人合”“日月星辰”学起，从“1、2、3”开始认数。兰儿和亚军想让孩子们懂得“穷不读书，穷根难断；富不读书，富不长久”“读书是立家之本，忠孝是传家之本，勤俭是治家之本，和顺是齐家之本，谨慎是保家之本”这些道理。

闲暇之时，桂花、菊花和黑娃还会跟着兰儿练练功。他们的生活过得有滋有味。

第二十一章

桂花把兰儿和亚军当作亲人，但凡兰儿、亚军交代给她的事情，她都会认真负责地去完成。

这天，从山下走来一个二十五六岁的青年人。他背上背着个背篼，肩上扛着一把锄头。桂花一眼就认出，这是混混钟守节。此人不仅好吃懒做，还染上了赌博的恶习，赌输了就去偷东西。这种人在村里谁见了都会避而远之。

“钟大哥，好稀罕喽！你来做什么呢？”眼见避不开，桂花只能开口问道。

“袁桂花，我不干什么，只想挖几根笋子兑几个钱零用。”

钟守节满不在乎地回答。

“这儿的笋子你最好还是别挖，周大哥和兰儿姐托付我照看他们家呢。你如果实在想挖，也得等他们回来后跟他们打声招呼才行。”桂花耐心地劝说道。

“打招呼？哼！我没听说过这规矩，挖几根竹笋还得打招呼？八面山方圆几十里，我想干啥就干啥，你管得着吗？也不称二两棉花纺纺。莫说是挖几笼笋子，就算把圈里的猪牵走，也不用跟哪个打招呼。死丫头，真是狗咬耗子——多管闲事！老实告诉你，他们回来要是问起，你就说是我钟守节挖的，有本事让他们来找我，看他们能怎么样！”钟守节蛮横无理，一副凶神恶煞的模样。

桂花见钟守节如此蛮不讲理，拿他没法，也就不再理会他，见到了兰儿和亚军后，便一五一十地把这件事讲给他们听。

钟守节是钟家的独子，小时候很乖，聪明伶俐，还跟着师傅学艺，十多岁就出师了。二十岁那年，有人做媒，在茅坡给他说了个媳妇，准备第二年结婚。父亲让他去置办结婚用品，再给自己缝两套新衣服。他拿着父亲给他筹措的钱进城，没多久，就碰到一个嗜赌如命的朋友。那朋友一个劲儿地唆使他进赌馆，结果他把置办婚事的钱输了个精光。

“真有这么回事？”兰儿瞪大眼睛问桂花。

“怎么不是真的呢？八面山上的人，没有哪个不知道这事。说到底，坏就坏在那个朋友身上，要是他不引诱钟守节去赌，钟守节也许不会落到今天这个地步。大家都把这件事当作龙门阵来摆，摆得有鼻子有眼的。”

听完后，兰儿便对亚军说：“我去会会那个姓钟的。你可以不插手，我知道你们周家和钟家有些渊源。”

“今天偷笋子，明天就可能偷鸡，事情虽小，但要是任由这样发展下去，八面山怕是要鸡犬不宁了。”亚军心想，教训教训他也行，但还是再三提醒兰儿，只需给他点颜色瞧瞧，让他知难而退就好。

“我相信钟守节本质不坏，如果说能够拉一把，把他引上正路，让他凭手艺找饭吃，我看最好不过。”

“好！你放心，我自有分寸，一定会把握好尺度。”

兰儿来到钟守节家，一开口便问：“你就是钟守节吧？我想和你商量件事。”

“没错，我就是钟守节，找我有什么事？”

“听说你挖了我们家的笋子，还出口骂人，有没有这回事？”

“几根笋子，确实是我挖的。明人不说暗话，你想怎么样？”

“还像个男人，敢作敢当。你既然承认是你挖的，那就得照价赔偿，赔礼道歉，还要做出承诺，保证下不为例！”

钟守节一听，忍不住挖苦起来：“嘿！一个女人，竟口出狂言，还说什么下不为例！你听好了，想让我赔钱，没门儿！不是我吹牛，我钟守节哪儿没去过？啥场面没见过？今天要是把我惹毛了，莫怪我骂起人来不好听。这就是赔礼道歉，也是我的‘赔偿’！”

说到这儿，后面突然有人接话：“姓钟的，别在这儿撒野！你挖了别人的东西，赔个礼、道个歉，难道不应该吗？”原来亚军一直悄悄跟在兰儿身后，此时也站了出来。

“姓周的，你也给我听好了！我钟守节不管是扯菜、挖笋子，还是砍柴，从来不管什么张三李四王麻子。我想扯就扯，想挖就挖，想砍就砍。难不成我还得事先跟你们打招呼不成？”

“邻里乡亲之间，就算不能相互帮衬，也不能像你这样蛮不讲理！”

“不讲道理？什么是道理？在我这儿，我就是道理，道理就是我！”

听到这里，兰儿心想，秀才遇到兵，有理也说不清，跟这种人讲理根本没用。于是，她走上前去，厉声喝道：“你这无赖，好言好语你不听，是不是想讨打，心头才好过？”没等钟守节反应过来，兰儿“啪”地就是一耳光，打得钟守节眼冒金星。

钟守节定了定神，眼中露出凶光，狂嚷道：“今天不给你点儿颜色瞧瞧，我就把钟字倒过来写！”边嚷边猛地向兰儿扑去，“我让你打！你这个不知从哪儿冒出来的野婆娘，竟敢来八面山耍威风！”

兰儿一闪身，一个“顺手牵羊”，将他扯翻在地。

气急败坏的钟守节翻身爬起来，心想，讲理的怕不讲理的，会打的怕不要命的。他一咬牙，捡起一块石头，就要砸过去。兰儿眼睛一眯，飞起一个连环腿，一腿将钟守节手中的石头踢开，另一腿将他再次踢翻在地。

钟守节这才明白，自己敌不过对方，背上又被一只脚踩着。他赶忙改口求饶：“好男不跟女斗，我也斗不过你，我认错，要不要得？”

“钟守节，你给我听好了！你都这么大的人了，为什么非要自甘堕落？你一个大男人，身强力壮，又有手艺，只要肯踏实做事，还怕没饭吃吗？今天我给你一个痛改前非的机会，你说说，愿意还是不愿意？”

钟守节听在耳里，想在心里，知道是自己理亏，人家已经仁至义尽，自己还不顺坡下驴，那真是不识好歹。于是，他连忙说道：“我愿意，我愿意！实在对不起，我一定知错就改，痛改前非，重新做人。”

“好！知错能改，善莫大焉！浪子回头，再好不过。你拿我这里的钱去买套工具，重新开始。”

钟守节听了兰儿这一番话，跪在地上，双手作揖，嘴里念叨着：“你们都是好人啊！从今以后，我一定痛改前非，踏踏实实做事，老老实实做人。我保证说话算话，说到做到！”

亚军拉着兰儿的手，边走边说：“如果他真的能悔改，我们可以把他当朋友。”

钟守节回到家，躺在床上，翻来覆去地想，觉得人家确实是为他好，还把他当人看，自己要是再不醒悟，悬崖勒马，痛改前非，既对不起人家的一片苦心，也对不起自己。自此，钟守节逢人便夸兰儿的好，说兰儿是他的恩人，是他的福星。

第二十二章

端午节这天，袁桂花起了个大早，一路小跑赶到兰儿家，扯着嗓子高声道："兰儿姐，起床了没？"

兰儿在房里应声道："起了起了。啥事啊？慌里慌张的。桂花妹，你这么早跑来，是不是出什么事啦？"

"兰儿姐，你不是一直没见过我那未婚夫嘛。今天是端午，他要到我家来，我想请姐姐过去瞧瞧，帮我拿个主意。这男娃姓李名晓天，我们性格合不来，我不想嫁他。你帮我劝劝我爹，让他把这门亲事给退了。"桂花满脸愁容地说。

兰儿应道："好啊！"

桂花仍有些不放心，叮嘱道："你劝我爹的时候，可千万别说是我的意思，不然他准得吹胡子瞪眼，开口骂人。”

“要得，要得！我晓得了，你就把心放肚子里吧！你的事就是我的事，我肯定尽心尽力。”

桂花带着兰儿往自家走的路上，正好有人从山下走来。桂花凑近兰儿，压低声音嘀咕道：“兰儿姐，你看，他们这不是来了嘛。走在最前面的那个妇女叫王梅，是桃子坝出了名的媒婆。挑着箩筐的是李晓天的二叔，第三个就是李晓天，走在最后的是他幺妹。”

“桂花妹儿，好久不见！真是越长越漂亮了。晓天来你们家过端午节来啦。”

王媒婆人还没迈进房前的地坝，就亮开了高大的嗓门。

桂花接过话：“请！请！快请进屋坐！”边说边跑进屋里给他们端茶送水。

这时，袁德顺从山上回来了，一进门就连声道：“王大姐，早上好呀，喝水了没？”

“喝了喝了，都是自家人，莫要这么客气哟！”王媒婆笑着回应。

“快去弄饭，客人来了！”袁德顺一边熟练地递烟，一边赶紧安排桂花。

桂花手脚麻利地做好饭菜，一一端上桌面，然后招呼客人们围着八仙桌坐拢。

袁德顺先给兰儿一一作了介绍，王媒婆做了一辈子媒，很会察言观色，她把兰儿上上下下打量了一番，忍不住惊叹道："哎哟哟！我做了这么多年媒，走南闯北的，还从没见过这么标致的姑娘！你怕是从天外飞来咱们八面山的金孔雀……"

兰儿一听，赶忙笑着打断王媒婆的话："王大姐，您可太抬举我啦！过奖了，谢谢！"

王媒婆见兰儿这么回应，心里隐隐有点不痛快，便换了个话题："袁大哥，我今天受李晓天家人的委托来商量晓天和桂花的婚事。李家找人测了八字，决定腊月十八让他们喜结良缘。"

王媒婆说到这儿，把话打住，凑近袁德顺，压低声音悄悄说道："袁大哥，今年开春的时候，晓天父亲给他算了一卦，说这孩子去年七月半回家过河那会儿，被冤魂给缠上了。要是年内不娶亲冲冲喜，恐怕性命都难保。所以，他们家才这么着急把这门亲事给办妥。你给我一个准信儿，我好回去交代。"

“行！行！行！你们定哪天就哪天。我这就给桂花准备嫁妆，别的就不多说了。我这人实在，该怎么办就怎么办！”袁德顺拍着胸脯说道。

“袁大哥，你这人快人快语，一点不藏着掖着，就这样，一言为定！”

他们走后，兰儿才开口：“德顺叔，我找您商量个事。”德顺随着兰儿进了堂屋。

“兰儿，快请坐！你有哪样事尽管说！”

桂花给兰儿和父亲各倒了杯茶，打了声招呼：“兰儿姐，你坐一会儿，我打猪草去了。”

兰儿见屋里没了旁人，便开门见山地说：“德顺叔，您看桂花这门亲事，是不是再斟酌斟酌？如果您有哪样难处，我和亚军一定鼎力相助，处理好他们的事情。”

袁德顺无奈地摇了摇头，叹气道：“兰儿姑娘，你是不知道我们山里人有多苦。桂花她大哥袁兴华，都快三十岁的人了，按咱们的习俗，早该结婚生子了。可就因为家里穷，说了好几门亲事，最后都黄了。前年腊月的时候，我又托人去李家沟给他说媒。李家虽然答应了，但有个条件，就是要拿桂花去换亲，要是不答应，兴华这门亲事就成不了。

兰儿姑娘，你说说，我能咋办呢？”

兰儿听后，边摇头边道：“既然是这样！我也不好再说什么了。”

袁德顺接下来补了一句：“我知道你们是一片好心，可这也是实在没办法的办法呀！”

此事过后不久，兰儿夫妇正在房前料理花草，看见袁德顺和桂花正赶着两头肥猪下山。

亚军看了看兰儿说道：“桂花他爹赶猪下山去，八成是为桂花筹钱办嫁妆。”

兰儿微微蹙眉，思索片刻后说道：“这大过年的，把年猪卖了办嫁妆，过年没肉吃可咋整？唉，他们肯定是遇到难处了。要不咱们把这猪买下来，帮帮他们？”

说罢，二人加快脚步，穿过竹林。兰儿赶忙追上袁家父女，高声喊道：“德顺叔，请留步！到我们家坐坐，咱们商量个事，成不？”

待袁家父女停下脚步，兰儿接着说道：“德顺叔，看你这架势，是要去卖猪吧？这猪卖给谁不是卖呀，您不如卖给我们。我们正打算去城里买猪呢，您这猪要是卖给我们，可就省了我们不少麻烦！”

“行啊，等会儿我让桂花把猪给你们赶过去。说实在话，要不是为了给桂花置办嫁妆，我还真舍不得卖这两头猪呢。”

“不急不急！现在离过年还早着呢。这猪啊，就先在你们家养着，养到过年的时候再杀，到时候我们两家一家一头，你看这样行不行？”

“行！行！行！那可太好啦！太感谢你们啦！谢谢！谢谢！”袁德顺激动得连声应道，心里知道兰儿夫妇这是又在为他们着想，帮衬他们呢。

几天后，袁家请来一帮木工，紧赶慢赶了三个多月，才把衣柜桌椅等一应嫁妆备齐。

转眼到了中秋，桂花邀兰儿姐去赶集。兰儿欣然应允，姐妹俩手挽着手一同前往。

到了集市，她们逛到了银匠铺和服装店。兰儿拉着桂花的手说：“桂花，你喜欢什么首饰、衣裳，就尽管挑，想定做什么就定做什么！到时候，姐一定把你打扮得漂漂亮亮、风风光光地嫁出去。”

“哎呀呀！兰儿姐，要不得！要不得！这些东西肯定得花好多钱呢。”

“我们姐妹一场，好比一根藤上结的瓜。虽说不是亲姐妹，可感情比亲姐妹还亲。你日后出了嫁，咱们见面的机会就越来越少了。我今天在你身上花点钱,给你添置些嫁妆，那不是理所应当的嘛。”

桂花听了，眼眶泛红，感动得不知说什么好。

千百年来，川东南一带，为庆贺五谷丰登、六畜兴旺，祈求风调雨顺，能过上好日子，一直保持着杀年猪请客吃刨汤的习俗。

杀年猪时，人们会选用带着血色、鲜嫩的边口肉，以及猪肝、小肠等内脏，精心烹制后大摆家宴。一到十冬腊月，三亲六戚、左邻右舍，能请的都请，甚至还有些不请自来的食客。

此时，乡下人的农活儿都忙完了，年货也备得齐齐整整，身心轻松愉悦，有的是时间和精力来操办这场盛宴。

这天，亚军和兰儿来到德顺叔家，打算把寄养在那儿的一头肥猪宰了。两人钻进黑咕隆咚的猪圈，将那头肥膘满身的猪赶了出来。这猪就像被囚禁多日的囚犯重见天日一般，一边使劲儿甩动着尾巴，一边惊慌失措地东瞅瞅西望望，全然不知，杀猪刀会刺破它的心脏，让它成为山民们口中的美食。

这时，钟守节凑到兰儿身边，神秘兮兮地告诉她：“听猪的叫声，可以预测主人的运气。”

兰儿嘴角噙着笑意，眼神里满是好奇，问道：“这户人家运气如何？”

钟守节伸出大拇指，满脸笑意地夸赞道：“顺！顺！顺！那猪叫声干脆响亮，不是撕心裂肺的尖叫，也不是鬼哭狼嚎的哽咽，这兆头好得很哪！”

说话间，肥猪已被放入滚烫的沸水中，不一会儿，猪毛就被刨得干干净净。接下来，只见屠夫手中的刀光一闪，伴随着“唰唰唰”“喳喳喳”钢刀撕裂皮肉的声响，一头数百斤重的猪，在屠宰师傅精湛的技艺下，猪头、猪肘、猪肚、猪肠、猪肝、猪心、猪肺等各个部位，被三下五除二地分解开来。

做刨汤，除了讲究肉质鲜嫩、活泛爽口，整汤的功夫更是关键。火塘里稳稳架着三脚架，铁锅稳稳当当搁在其上。烧旺火，放入鲜板油，待油汁开始冒烟时，把早已备好的干花椒和花椒粉掷入油锅煎出香味后，再添放大蒜、生姜等佐料，用微火慢慢地熬，熬出四溢飘飞的香味。

大家围坐在火塘边，烤着红彤彤、暖烘烘的疙蔸火，身上热气腾腾，头上冒着细密的汗珠，嘴里哈着白气，时不时抬手擦擦眼泪和鼻涕。即便如此，也丝毫不影响大家吃喝说笑的兴致，稍不留神，就会呛出一口菜渣或酒水，引得众人哄堂大笑。

“味道好极了，硬是安逸！”主人听到赞美之词，感到特别高兴。越高兴，主人就越热情，一边忙着给大家夹菜，一边不停地劝酒，那架势，不把大家伺候得吃饱喝足，决不罢休。

“这是我的小姨妹，来敬大家一杯！这是我的娃儿，也来敬大家一杯！还有姑爷，这杯也得敬！”一时间，老丈一杯，姑妈一杯，老表一杯，就连他们的儿孙都被邀来，挨个儿向大家碰杯。

能说会道者前来敬酒，你不喝也得喝；口齿迟滞不会对酒者敬酒，便自己先干，站着等你喝，你不好意思不喝；要是遇上闷墩憨厚者敬酒，他甚至会做出揪住你的耳朵或鼻子，作势要从你口中灌酒的举动。这种场合，没有长幼和男女之分，全是为了取笑逗乐，越逗越乐。大家在这几分醉意中，流露出来的感情，倔强得像牛，憨厚得像猪，放肆得像猴。

天色渐暗，主人家上空的夜像泼洒的墨，远处的山，近处的树，很快变成了一种颜色。大家坐在火塘边，被夜色包裹着。火塘里跳跃着若明若暗的火焰，映照着一张张看不见皱纹和雀斑的脸。这顿刨汤，从晌午一直吃到天黑，酒一杯接一杯地喝，主人家的酒似乎永远喝不光，客人们也似乎永远喝不醉，一个个喝得脸上像抹了油彩似的。

年猪户户杀，刨汤家家请，酒宴上眼观耳听心想嘴道全用上。这时候，仿佛吃的不是肉，喝的不是酒，摆的不是“龙门阵”，而是心意，是感情，是文化。

桂花出嫁的日子一天天逼近，该做的事情都做好了。那个日子，或许是个美好、高兴的日子，而对于桂花来说，却是个既无奈又无助的日子。

嫁出去的姑娘即将远行，迎进来的新人即将到来。说不清道不明的心事，如同层层叠叠的云朵，在心头堆积起来。喜庆的春光却如绚烂的彩霞，弥漫在整个村庄里。一家办喜事，绝非仅仅是一家的事情，整个村庄都沉浸在这份喜悦之中。

转眼到了腊月十七，第二天就是桂花出嫁的日子。

腊月十八这天凌晨，天色还未大亮，桂花便已梳妆打扮完毕，走进闺房，坐在床沿。

此时，村庄里早已聚集了三亲六戚。按照习俗，即将出嫁的桂花开始哭嫁，她放开喉咙，见人就哭，那哭声里既有对娘家的不舍，也有对未来生活的忐忑。

面对不同的人，她哭嫁的原因也各不相同。见了长辈，她哭自己过去不够懂事，没有尽到晚辈应有的孝心；见了同辈，她哭自己过去任性妄为，没有好好照顾大家；而面对最知心的兰儿，桂花哭得特别动情，特别伤心，哭得肝肠欲断……

突然，他们被一阵唢呐和鞭炮声惊动，接亲的队伍来到了袁家。

亚军摇了摇还挂着泪花的兰儿说道："莫要哭了，接亲队伍马上就到！你给桂花做伴娘，我们还要跟着去送亲。"

不一会儿，支客师大声道："各位好友！各位亲朋！辛苦了！各就各位，准备发亲！"

随后，桂花被轻轻搭上盖头，由兰儿牵着，缓缓走出大门，送上了花轿。

"起轿！出发！"随着带宾先生一声嘹亮的吆喝，一行迎送亲队伍，在鞭炮齐鸣、锣鼓喧天、唢呐开路的热闹混响声中，依次下了山。

第二十三章

在兰儿家养过伤的郎中，从八面山回到掌上盖[①]后做的第一件事情，就是向老大张福德献宝。

张福德见他满面红光、印堂发亮，仿佛较几天前的面相年轻了许多。

他面对老大也是抑制不住心头的喜悦，清了清嗓子，捋了捋袖管，双手抱拳，打躬作揖，敞开喉咙："这次出行，收获颇丰，可谓名副其实的满载而归！"

"有话快说！宴席上已备好了陈年老酒，让弟兄们给你

① 掌上盖：地名。

接风，喝个痛痛快快，喝个不省人事，喝个天昏地暗，喝个人仰马翻！”

“报告老大！一切准备就绪，只等你下令，可以入席了。”

“去去去！知道了，老规矩，依次入座。我和你们二爷马上就到！”这个此前自称姓韩实则名叫黄镖的郎中，就是掌上盖的二当家，亦是老大身边的军师。

他把在八面山上搞到手的野生天麻交给老大后，在其耳边嘀咕了一阵。老大听后，眼睛睁得大大的，随即发出淫笑。接下来，他们为凯旋的老二接风洗尘。

桂花出嫁那天，欢天喜地的锣鼓唢呐声打破了山中的寂静。黄镖按早已设计好的抢亲线路，带着两个腰挎盒子炮的兄弟，埋伏在八面山通往李家溪的必经之地——一个名叫穿洞的地方。待等花轿一到，便趁机抢走桂花。黄镖在摸清桂花什么时候出嫁、嫁到什么地方、途经路线等情况以后，便开始谋划，并做好一应准备。只待腊月十八那天动手，打他们个措手不及，以期一举成功。

但黄镖万万没想到，桂花出嫁，兰儿会跟随在身边，打乱了他的抢亲计划。他虽有备而来，却无功而返，还险些丢了性命。

穿洞本来是个一夫当关万夫莫开的隘口，可他们却被一个女人制服，让抢亲计划变成了竹篮打水一场空。

“真是奇耻大辱！真是无用的饭桶！”掌上盖老大的骂声震得土匪窝里屋梁上的尘埃纷纷往下掉。他看着跪在地上连头都不敢抬的老二，暗想这个兰儿真是个了不得的角色，我一定要找个时机会会她。

第二十四章

媒婆站在火堆的一端，大声道:“一步跨过去，大吉又大利!”

新娘子抬起腿跨过火堆，随后被牵进中堂，同新郎官一起拜天地，拜祖宗，夫妻对拜，然后进入洞房。

新郎给大家敬完酒，走进洞房，伸出双臂紧紧抱住新娘。

桂花在一阵羞涩中，突然听到从新郎体内发出“咕噜咕噜”的响声。这响音越来越大也越来越急，她不知这是怎么回事。

新郎抱着新娘亲热了一阵，随后两手倏地一松，发出几声怪叫，便躺在一边一动不动了。桂花还以为他经过一天的仪式太累了，便没过问，自己也累得很快睡熟了。

第二天，桂花一觉醒来，天已放亮。她穿好衣服，走出房间，来到厨房，一边烧水，一边洗漱。

随后她舀了一盆热水，端进洞房，放在洗脸架上，轻声唤道："晓天，晓天，起来洗脸！怎么不吭声呢？"她掀开被子，只见晓天睁着大大的眼睛，一动不动地蜷缩着，于是用手摸了摸，才发现晓天身上冰冷，已经没气了。

晓天母亲听见惊叫，赶忙跑进新房，只见桂花趴在晓天身上，早已哭得死去活来。

晓天父亲紧跟着跑到床前，看到蜷缩在床上的儿子，口鼻歪斜，脸色苍白，早没有了生命的迹象。

"我的天啊！"晓天母亲发疯似的抓住桂花头发，"为什么？你给我说清楚，这是为什么？这是为什么？"

住在隔壁的大伯被哭声吵醒，也来到他们家，对晓天的父亲李林森说："林森，出了什么事？你出来一下，我有话给你说。"

晓天大伯是个木匠，长期出门在外，见多识广，懂得一些江湖经验。"林森，去下一块门板，将晓天停放在上面，等会儿身体僵了就不好办了。你赶紧把晓天母亲劝出来，让她不要再打桂花了。俗话说“万事都有个头尾”，这件事一定要弄个水落石出，毕竟人命关天，在事情未弄清楚之前，大家都不要胡闹。”

然后看着袁桂花：“桂花，你凭着良心，把事情说清楚。不要害怕，我们会查明晓天到底是怎么死的。”

桂花坐在一边，边哭边抱着自己的头，不知从何说起。

这时，晓天母亲像着了魔似的，扭着桂花不依不饶，又打又骂。

李林森走上前去，拉开晓天母亲：“娃儿他妈，不要骂了，听她慢慢说。桂花，你说，一是一，二是二，是什么就说什么。”

沉默了片刻，桂花鼓起勇气，把昨晚的经过一五一十讲了出来。

晓天大伯说：“林森，你在家请人帮忙料理后事。我去找警察。”

警察局派出两个警察，不一会儿，他们赶到李家溪，经过一番忙碌，得出尸检结论：死者患有严重的疾病，且饮酒过量，加之洞房花烛夜心情过于激动，心跳加速，导致死亡。

李林森在验尸报告上签了字。警察临走前，还特别交代：

请双方本着实事求是的态度，妥善处理好善后事宜。

此时，袁德顺才后悔当初没听兰儿的劝阻，把女儿推进了火坑。桂花嫁到李家，与李晓天成婚，原本她就情非所愿，而且砍竹子遇节，偏偏在洞房花烛之夜，发生了新郎暴病而亡的悲剧。此后，桂花每日天黑还得去坟头给亡夫点灯，第一个七天称为“头七”，之后还有六个“七”，共计四十九天。这对于一个女子来说，实在是有苦难言，迫不得已而为之的事。

桂花十分害怕坟地，哪怕听见一丝风吹草动，也会吓得蜷缩成一团。可她不得不去，要是不去，婆婆就会一边数落，一边咒骂她。

第二十五章

好不容易熬过这些天，袁桂花便离开李家溪，告别李晓天父母，回到自己的家。刚进屋叫了一声爹，便放声大哭起来。

袁德顺见状什么也没说，只是闷声闷气地应了一声，转身朝门外走去。袁桂花的哥哥好说歹说，好不容易才把啼哭不止的妹妹劝住。

桂花止住哭泣，钻进自己的房间，躺在床上，不吃不喝。任由父亲和哥哥怎么敲门，既不应声，也不开门。

太阳快落山了，袁德顺无奈，只好来到周家，向兰儿诉说道："桂花回来了，饭不吃水不喝，我拿她没有办法。"

接着他叹了口气说道:“我袁德顺这辈子从未做过伤天害理的事，为什么倒霉事偏偏要落到我们头上?”兰儿接过话:“德顺叔，您也不要过于悲伤，桂花的事交给我，你尽管放心!”

“桂花妹妹，开门，我是兰儿。”

桂花从床上爬起来，穿好衣裳，把门打开了。

兰儿挽着桂花的肩臂，安慰了许久，又给桂花煮了一碗鸡蛋面，劝她吃下去，把肚子填饱。接着烧了一锅水，让她好好洗了个热水澡。

桂花洗完澡，天已经黑了。她俩围着火铺，没等兰儿开口，桂花便哭诉起来，哭得泪眼涟涟，悲悲切切，越哭越动情，越哭越伤心。

兰儿倾听完桂花的哭诉，长叹一口气，说道:“唉!我的好妹妹，别再伤心了，好吗?家家都有本难念的经。我也一样，有倒不完的苦水。过去的事就让它过去吧。面对未来，挺起腰杆，一切都会好起来的!”

这天，桂花从学校忙完后回到家，喝了口水就提着竹篮到河边去洗衣裳，洗着洗着，对面的山上飘来一阵山歌声:

对面女子下河来，

你洗衣裳我砍柴，

你若帮我洗两件，

我就送你一挑柴。

桂花一听，这山歌显然是唱给自己听的，无论他怎么唱，她都不想去理会。

恰在此时，那男子正要走向河边，突然看见一群持枪土匪在山上出现，他们满脸得意，面带讥笑，便赶忙藏了起来。

桂花见没有了歌声，便弯下腰又埋头洗起来。太阳快要落山了，衣服也洗完了。她提起竹篮正准备往回走的时候，河岸走来三条汉子，其中一人拿着绳子和麻袋。他们见到桂花，快步走上前去，挡住她的去路，不分青红皂白，就把她按倒在地上，嘴里塞上布团，装进麻袋，被一个大汉扛着，向山里飞奔而去。

袁德顺从地里回来，见桂花不在家，以为女儿去兰儿家了，就到兰儿家去找。

“德顺叔，今天桂花没有来，我正想去你们家，有什么事吗？”

“桂花不见了！”

兰儿听后，惊呼一声“啊！”然后急切地催促道：“我们快点分头去找找。”

袁德顺回到家，环顾四周，发现自己的脏衣服不见了，心想桂花可能是去河边洗衣服了，他又急忙赶到河边，见有一只装满衣服的竹篮，仔细一看全是自己的衣服。他便大喊了几声，不见回应，之前喝山歌的男子告诉了他自己看到的事情，于是袁德顺急忙找到兰儿。

兰儿气愤地说：“这些土匪实在太霸道了！我们得好好策划一下。事不宜迟，亚军哥哥我们分头行动。”

兰儿赶到古镇，称了二两烟土，还买了一些其他礼品。见到苏名阶施礼道：“苏镇长，您老好！”

苏镇长抬头一看，见是兰儿，感到有些意外，笑哈哈地问：“兰儿，什么风把你吹来了？”

“苏镇长，真人面前不说假话，我有事向求您相助！”

“我就说嘛！有什么事，尽管开口。只要我苏某人帮得上，一定尽力，一定尽力。”

兰儿把桂花被抢的经过详细地陈述了一遍。苏镇长听后，沉默了一阵，说：“这事可不是闹着玩的。土匪什么都做得出来，弄不好会给你带来杀身之祸！”

听到这儿，兰儿打断苏镇长的话，“我和桂花虽不是亲姐妹，却胜似亲姐妹。如果我不管，有愧于心，即使赔了性命，也在所不惜！”

苏镇长听后，叹了口气说：“既然你决心已定，那我也只有尽力而为了。但得把话说在前头，不管这事成与不成，绝不能泄露半点风声！”

“请镇长放心！我绝对保密。”兰儿曾在江湖上听说，匪首张福德落难时，苏镇长曾对他有恩，于是便请苏镇长写了一封劝说信。

说完客套话，兰儿和苏镇长道别，然后径直前往曾家。

曾继凤放下水烟杆，起身招呼道：“有什么事吗？”

“表伯，不好意思！给您添麻烦了。我的朋友袁桂花，昨天被掌上盖的土匪掳走了。”曾继凤听了，一下子站起来，口里骂道：“这些天杀的土匪！没心没肺，伤天害理，祸害百姓。有什么我能帮的尽管说。”

“我和亚军与袁家商量了一个方案，需要借助表伯的名来吓唬他们。我想向您借几杆枪，弟兄们随我们一同上山，若有闪失，我兰儿愿负全责！”

曾继凤听完他们商量的方案后，点头答应了。

第二十六章

兰儿刚回到家，亚军就把他请来的二位客人向兰儿作了介绍。

董家兄弟俩站起身，双手抱拳："兰儿妹子，我们兄弟二人久仰你的大名。今日得见，真是三生有幸！"

兰儿仔细地打量过去，见他们二人眉宇间透露着一股重情重义的豪气。

这时袁德顺也在，说道："我们边吃边商量。为搭救我家桂花，有劳各位了！"

大家围着桌子坐下，兰儿端起酒杯："请董二哥一定记住，明天早上，带人在掌上盖匪巢附近隐蔽起来。我和亚军上山去与他们交涉，若顺利，我们就朝天放一枪示意。若连放三枪，则表明交涉失败，你们立刻朝寨子方向鸣枪示警，直至子弹打完，随后原路返回，不用等我们！”

董二道：“我和掌上盖的三当家沈飞有些交情，你们需不需要我一起去？”

“你就不用去了，免得得罪他们，给自己找麻烦！”

送走董家兄弟，兰儿问起亚军，怎么认识董家兄弟的。

“去年八月的一天，我带着猎狗进山去打猎。进山不久，两只猎狗汪汪直叫，像箭一样朝山顶跑去。我紧跟在狗后面，不一会儿，它们从茅竹林里追出了一只獐子。我一看，是只雄獐，于是紧追不舍，追了两道梁子，獐子才停了下来。

“这时，我看机会已到，便靠着一棵大树扣动扳机，‘啪’地一下射中獐子。心中高兴，急忙跑过去。当时，恰好对面也有人背着弓，站在獐子面前，我们互相看了一眼，然后都盯着这死去的獐子。我见獐子的左胸上插了一支箭，心里不觉一惊，好准的箭法啊！

“对面那人将獐子一掀，发现獐子的右胸上有一个枪眼，他看了我一眼后说：‘兄弟！我叫董二，人称山中影。请问你如何称呼？’

“我也作了自我介绍。

“他接着对我说：‘这獐子是你打的，你拿去吧。’

“我也对他说：‘这獐子是你打的，你拿去吧。’

“我们两人互相谦让了一阵后，他又说：‘我家就住在八面山下，獐子这类动物我打得多，还是你拿去吧。’

“谁都知道这獐子值钱，我想，推来推去也不是办法，就想了一个主意：‘董二哥，我们在对面的那根树枝上捆两个松树球，谁打中了这獐子就归谁。’

“松树球离人大概五六十米远，结果我俩都把松树球击落在地上。可对方还是谦让道：‘兄弟你住在山那边，我住在山这边，我们是邻居，何必为一只獐子而让来让去呢？我看这样，这獐子身上的皮归你，肉归我，好不好？’

“围山打猎，见者有份。他都这样说了，我也就不好再推辞。并在他的再三邀请下，我同他回到了他的家。

“山中影董二家住在板凳岩脚下，他刚走进家门，就高声喊要跟我喝两杯。

“这时，从门外进来一位汉子，他和董二长得十分相像，只是穿着有所不同。汉子来到董二面前，问道：‘二弟，你有什么事？’

“‘我今天上山打猎，有幸遇见亚军老弟，想让你认识认识，交个朋友，多个朋友多条路。’”

亚军讲完，觉得人生真是一场缘分。能够认识重情重义的董家兄弟，实在是一件幸事。

次日，大家吃过早饭，坐上名叫“双飞燕”的小船。董二边划船边描绘着掌上盖的地形：“掌上盖只有一条通往山上的路，沿着这条路往上走，离寨门大约三百米的地方，有一险处名‘七步梯’，人称‘七步鬼门关’。那上面安有滚木礌石，你们需说明来意，千万不要闯关，他们若不开路，谁也别想上山。过关后，顺着那条独路继续往上走，大约一袋烟光景，就能看见盖上的寨门。那里也有人把守，需经通报，待寨主发话，方可让人领着你们进去。

“掌上盖三面绝壁，只有这一条通道。从远处看犹如人的手掌，所以人们给它取名掌上盖。那里原有一座小庙，匪首张福德看这个地势易守难攻，便赶走庙里和尚占山为王。

“寨里除老大张福德外，还有老二黄镖，外号‘梁上鼠’。此人贪婪好色，擅长使用暗器。依仗自身有点能耐，干些鸡鸣狗盗之事，行为不端，无恶不作，做了许多伤天害理的事。老三名叫沈飞，练就了一身硬功夫，为人正直豪爽，却不知因何缘故加入了绿林。”

董二介绍到了这里，船靠在了海口。亚军看着他说：“兄弟，你就留在这里，我们按照你说的线路上山去了。”

第二十七章

董二与其他兄弟埋伏在七步梯下。亚军夫妇行至七步鬼门关，仰首望去，山势险峻异常。

守关人喝问："来者何人？所为何事？"

亚军抱拳朗声道："我夫妇二人特来拜会寨主，还望行个方便！"守关人见其言辞得体，略作搜查便放行。

至寨门前，忽闻喊声："路是寨修，门是寨开！欲过此门，留下钱财！"

亚军从容应答："既入贵寨，自当遵规。烦请通报寨主！"寨门洞开，眼前豁然开阔，兰儿朝堂前一看，首先映入眼帘的是堂上的关公画像和"义结堂"三个大字，下面端坐着三位霸气十足的寨主。

亚军夫妇上前行礼："拜见三位寨主！"随即奉上礼盒。

大当家张福德捻须笑道："贵客临门，蓬荜生辉！看座——！"

亚军赓即从怀里取出一封书信，递给大寨主张福德："此乃苏镇长亲笔信函，请寨主过目。"

张福德览毕，将信转交左侧二当家黄镖，起身执住亚军双手："既是苏镇长的朋友，便是张某的朋友，凡事皆可商议。"

随后招呼左右二臂进入里面的房间，商量了一阵子出来，坐回原来的位置。四名枪手分列两边站好，摆出一副威风凛凛的架势。

张福德伸手捋了捋胡须，笑着讲述起黄镖对桂花的执念："自从在八面山见到桂花以后，他仿佛变了个人似的，成天不言不语，整晚夜不能眠，每日里茶不饮饭不思，体重一下轻了十多斤。他多次当着我说过，执意要留桂花在寨中。俗话说'爱美之心人皆有之'，哪个男人不爱漂亮的女人呢？再说，桂花成了老二的夫人，那不跟我们一样，不愁吃、不愁穿，也不怕别人欺侮，岂不快活？"

兰儿闻言心中一凛，她起身抱拳道：“寨主明理！既讲规矩，便该依礼行事，强留他人岂是豪杰所为？”

黄镖听到这儿，站起身抱拳，大声说道：“桂花长得漂亮，招人喜欢。我想娶她，这是我的事，别人不用操心。这不是你的家事，此事也与你无关。今天，你们想凭镇长一封信就来‘取人’，不可能！此事无需外人插手，我自有主张。”

兰儿一听这话，心想：解救桂花，绝非易事，该如何是好？

这时，张福德看他们这样斗来斗去，也斗不出个结果，于是说道：“大家都听好了，国有国法，寨有寨规，我们自有山中的规矩。你们若要取人，也得凭点真本事。这不是为难你们。要是轻易把人放了，我的面子又该放在何处？你们如果要执意带人下山，就按我们的规矩，一对一比武。你们比赢了就把人带走，要是比输了，桂花就得留下来。大家意下如何？”

兰儿从座位上站起来，双拳一抱：“大当家说得好！一言既出，驷马难追。若我败北，自当离去；若侥幸得胜，请寨主信守承诺！”

黄镖冷笑后说道：“空口无凭，立字为据！”

张福德说：“白云黑云都是云，七星锤儿随后跟。好！好！好！拿文房四宝来，我们立个字据。空口无凭，拳脚无眼，若有伤亡，后果自负。请双方在生死书上画押签字！”

第二十八章

张福德派人将桂花带到比武场上，桂花看见了兰儿和亚军，心情非常激动，眼泪止不住直往下流。

张福德端坐中央，黄镖与沈飞分坐两侧，四名护卫持枪立于其后。场中寂静无声，张福德扬声道:“比武开始！”

黄镖跃入场内，兰儿佯作不识，抱拳道:“请！”

黄镖亦回礼:“客随主便，请！”

兰儿纵身攻向黄镖，双脚一蹬，来了个三百六十度前空翻，双掌同时向对方头部击去。

黄镖一看，这是“泰山压顶”，其势风驰电掣，犹如狂飙，于是他向下一蹲，低头躲过。兰儿双脚刚刚落地，一个滑步蹿到对手面前，当胸就是一拳。

黄镖知道这是个虚招，虚招可虚防，谨防的是后面的实招。接下来兰儿脚下猛地向前滑出，探身使出一招“蛟龙出海”。

黄镖见来势凶猛，退后借势双掌一击，来了个“大浪推沙”。兰儿挪步退后，刚落地站稳，对方向上一跃，又一招“猛虎下山”，挥拳向兰儿击去。

兰儿伸手一挂，犹如风吹杨柳，轻飘飘一闪身化险为夷。黄镖步步紧逼，意欲转守为攻，猛然间来了个“黑虎掏心”。

兰儿瞅准时机，在侧身撇过的一刹那，来了个“顺手牵羊”，将对手扯翻在地上。

这时，有些气急败坏的黄镖，一个“鲤鱼打挺”弹起身子，使出浑身之力，来了个“双锋贯耳”，挥掌朝兰儿双耳贯去。

兰儿心知，这是要性命的狠招，于是选择用“大鹏展翅”，腾空躲开致命一击。随后她迅疾使出绝招“金刚追魂掌”“单手开碑”，只听“啪”的一声，把黄镖击出两丈开外。

这时，黄镖感到五脏六腑像要炸裂一般，忍着剧痛走到比武台前，双手抱拳道：“福德大哥，对方乃女中豪杰，本事了得。我技不如人，甘拜下风！”

谁知就在这时，只听见亚军高声叫道："兰儿，小心！"原来黄镖趁着兰儿不备，放出两支飞镖直射兰儿。

其实兰儿早有防备。当飞镖"唰唰唰"飞来之时，她略一侧身，一支飞镖与她擦肩而过。紧接着又一支刚飞到眼前，就被她伸出的指头夹住，赓即一镖反射回去，只听"哎哟"一声，飞镖射进了黄镖左肩。

张福德在比武台前，看得清清楚楚，明白老二不是兰儿对手。于是对身边的枪手使了个眼神，顿时，二十多条枪齐刷刷对准了兰儿。

亚军见势不妙，立马从皮靴里掏出一把短枪，朝天"啪啪啪"三枪。片刻之后，山腰传来一阵阵噼噼啪啪的枪声。

亚军立刻跑向比武台前厉声道："大哥，你既立字据，何故反悔？若不放人，我等必上山讨个公道！"

老三沈飞趁势上前当着寨主大声道："愿赌服输，天经地义。大哥息怒，请容我说两句，咱们既然有约，那就得按约行事。二当家输了就是输了，不能输掉了功夫，还要输掉信用。更不能为了一个乡下姑娘，拿寨子里这么多人命开玩笑！"

不等寨主发话，沈飞对手下弟兄道："按约行令，立马放人！”

沈飞心里明白，恐怕老大为难，不好下台阶，无奈之下，才自作主张，让手下放人。

张福德本想用好言好语把桂花留下来，但他明白这无异于瞎子点灯，何况他不能不履行约定，不能破了江湖规矩。于是他喊：“放人放人，妹子武功盖世，我实在佩服！你们稍等一下，我派几个兄弟送你们下山！”

沈飞马上对寨主道：“大哥，不必兴师动众！让我送他们下山吧！”

未等张福德开口答应，沈飞便招呼道：“几位有请！我送你们下山！”

刚出寨门，兰儿道：“我们就此别过，沈大哥你请回！”

沈飞道：“妹子，我不送你们，恐怕都下不了山。这里地势险要，再说七步鬼门关那里，守关的兄弟是黄镖的心腹，他们难免不报一镖之仇。”

兰儿一听，没再说什么，随着沈飞一起下山。来到鬼门关，沈飞大声道：“山下的兄弟听着，寨主有事让你们立刻上山。”

兄弟们见是三当家传话，一个个都深信不疑。沈飞对兰儿他们道:“我就送你们到这里。”说完，他转身离去。

兰儿叫住了他:“沈大哥，多亏你暗中相助！大恩不言谢。有空一定到八面山做客，我们后会有期！”

“好！好！一定！一定！后会有期！一路平安！”

兰儿送别了董家兄弟和曾继凤手下，亚军让兰儿和桂花回去休息，他要去给表伯和镇长道谢。

这时，袁德顺来到桂花面前说了句:“你兰儿姐一而再再而三地冒着生命危险救了你，我们跪下给她磕个头。”

兰儿急忙扶住袁德顺说:“德顺叔，常言说得好，‘远亲不如近邻’。邻里之间，礼尚往来，彼此相助，这是常情。再说桂花和我情同姐妹，她要是有个什么闪失，我心里怎么过意得去呢？”

当晚桂花和兰儿住一起。入睡前，桂花讲起了被关在屋子里发生的事:“他们用好言好语哄骗我，张福德还来到屋里，劝我嫁给黄镖，但不管他说什么，我都装着没听见，他也无计可施，我才躲过那劫！大约过了一天，黄镖又进来了，他进来就调戏我，还说了些难听的话。”

桂花晓得他还会来，故意把头发弄乱，还在身上抹了些脏东西。不出所料，下午他又梭进屋来，看见桂花披头散发，身上臭气熏天，二话没说就溜开了。

“此后我装疯卖傻，饭不吃水也不喝，联想起以前在李家的遭遇，不知流了多少泪。这天我正准备撞墙自尽的时候，外面进来两个人，把我押到了你们比武的地方。”

兰儿抚摸着桂花的头发，安慰着边说边流泪的桂花：“桂花，过去的事情就让它过去吧！实话说，你比我聪明，要是换成我，真不知道怎么办。你一定要想开点，事情都过去了，不要记在心上，一切都会好起来的。”

第二十九章

这天上午，桂花端了一箱还冒着热气的豆腐，送到兰儿家，边走边问：“兰儿姐，我们不是说好今天到周二娘家去喝酒吗？”

“进来坐会儿！还早呢！桂花妹，这几天都没过来，在做什么啊？”

“这几天，我一直在想，究竟是我的八字不合，还是我的命不好。从去年订婚开始，我虽不想嫁，可我想过一旦嫁过去，定要用自己的一双手支撑起一个家。谁知他却突然死了，后来竟然又被土匪抢去……”

说到这里，兰儿打断她的话：“不论什么八字和命，日子是好还是不好，都是自己过。我从来都不认为你命不好，要说有什么不好，只能怪这世道不好。”

说到这儿，他们看见有几个人正围着周小海算命。兰儿走过去：“二叔，请你给桂花算算，看看她的命是好还是不好？”

周小海推开面前的人看着桂花说：“来来来，我给你算算。你生于五月初五,八字上有两个五，所以你命中注定劫难很多。但是你为人刚正、心地善良，每次遇到劫难都会有贵人搭救。总的说来，你的命不差，过了此劫就会开始行好运，还会一直好下去！”

算完命，周小海回到屋里，催促做饭的快点儿。不大一会儿，他就走出来招呼大家入座开席。

席罢，他们恳请二叔讲讲八面山的传说故事。

“好好好！先给你们唱一首山歌，歌名叫《心泪歌》。”唱完山歌，他便讲起了阴阳洞的故事。

八面山大致分为两面，面朝黔江的一面叫作阳山，面对小南海的一面叫阴山。在阴山和阳山交界处，有一个阴阳洞。传说阴阳洞下面有一扇超生门，人死后变成鬼魂，从这道门进入阴曹地府。这超生门里面有一座阴阳城，阴阳城里有一条逍遥街，里面住有孤魂野鬼，它们随时等待着投胎转世。

倘若鬼魂的前世为人忠孝仁义，从未做过亏心事，上对得起天，下对得起地，也对得起自己的良心，就可以有来生。但是这些鬼魂不愿再回到人间，因为它们厌倦了人世间人与人之间的虚伪、欺骗和争斗……

阴阳洞还有一个专管超生的门官，人间有人死，洞内鬼魂就会有人生。凡是人间死人的鬼魂进入地门后，就会被带到断魂桥。断魂桥呈丁字形，有两条通道：一条通往阴曹府丰都城，一条通往阴阳城。那里除了门官，还有判官、执行官，根据鬼魂生前所作所为，为他们分路。生前行凶作恶、欺压善良、带有血债的鬼魂就送往地府。上刀山、下火海、坐水牢，罪大恶极的会受到严厉惩罚。

有的恶霸虽然成了鬼，但他们认为人世间幸福快乐，想早日投胎转世，就向门官、判官、执行官行贿。这些门官、判官、执行官心术不正，不顾天理，收了金银财宝，就会把恶鬼放进阴阳城。另外一些冤魂死鬼不服气，就把他们告上阎王殿，阎王殿判决后他们仍不服，又告上了天庭。最后，上天只得派神封了这道入地门。

说到这里，周小海看着亚军和兰儿开了个玩笑：“你们的父母说不定也在这个传说中的阴阳城里呢。”

兰儿听完故事，心知肚明，这大概就是老百姓对归宿的一种美好幻想吧。她希望社会能够风清气正、秩序井然。

桂花回到家，躺在床上，翻来覆去睡不着。又听周小海说自己的母亲也在阴阳城里，心想反正活着也是受苦受气，不如到母亲那里去，陪她过一过逍遥自在的日子，让人世间的烦心事一了百了。

她越想越兴奋，兴奋得一夜未眠。直到第二天，天刚亮就起床，换了一身新衣裳，把自己打扮得漂漂亮亮的，来到她哥的房间，叫醒袁兴华：“哥，你今后要勤快一点！照顾好爹，我打猪草去了。”说完，背着背篓出了门，来到兰儿家，大声道：“兰儿姐，我已经想开了，从今天起，我就不待在屋里了，也不能经常陪你了，你一定要照顾好自己！”

兰儿躺在床上仔细品味着桂花这番话，感到桂花话里有话，且有些不对劲儿，她不会是去走绝路吧！

桂花离开兰儿家，来到阴阳洞对面那块大石头下面的山神庙，口中念念有词，求山神保佑兰儿夫妇和乡亲们幸福安康。念着念着又想起了伤心事，禁不住热泪盈眶，快步向阴阳洞跑去。

兰儿赶到了洞口，见桂花正往洞里跳，急忙大叫一声："桂花！你给我站住！"

桂花听见喊声，心想自己决心已定，就没有理睬兰儿。说时迟那时快，兰儿伸出手抓住桂花的小腿，将她救出洞来，抱在怀里。

桂花回过神来，坐在地上大哭起来。兰儿见她越哭越伤心，于是劝道："哭吧！哭就哭个够！人世间谁没有烦恼呢？人生之事，十之八九不如意。虽然什么事都无法从头再来，但只要重燃希望，未来一定可期。路总是一步一步往前走，日子总得一天一天挨着过。每一天既是昨天的延续，也是新的一天开始。凡事多往宽处想，不要一根筋转不过弯。如果遇到一点坎坷就要去死，那一生不知要死多少回。我也动过想死的念头，但我现在不是活得很好吗？"桂花听到这儿，又伤心地哭起来，抱着兰儿："去不得！去不得！我今后不这样还不行吗？"

"这就对了嘛！不要动不动就想死。好日子苦日子，该怎么过就怎么过。都是自己的事，与别人无关，自己的日子自己过！”

回到家，兰儿为桂花杀鸡宰鸭，喝酒压惊。散席后，大家围在火塘边，有人又说起阴阳洞里能看到死去的亲人，是真是假，谁也没见过；有人提出耳听为虚，眼见为实，不如下去看看。

没过几天，有人要下洞一事很快就传遍了八面山。族长知道后站出来商量，每家拿出些粮食，用来奖励下洞的勇者，还从庙里请来和尚，安神撵鬼，保佑山寨平安。

这天，看热闹的人围住阴阳洞，里三层，外三层，围了一圈又一圈。一个五官端正、眉清目秀的年轻小伙子，让和尚在他身上画了一道符，嘴里叽里咕噜，念了一阵谁也不知是什么的咒语。然后被人装进箩筐，开始下洞。

大约半个小时过去，系在箩筐上的铃铛响了，这第一次铃声说明人已到了洞底。时间一分一秒地过去，大家围在洞口，屏住呼吸，等待着，盼望着，洞里到底有没有什么奇迹。过了不知多长时间，铃声猛然又响了起来，族长于是让人用力向上拉。

“洞里有什么没有？里面真能见到死去的亲人？”他被拉出洞后，大家忙不迭地发问。

“洞底有三丈多宽，面朝八面山的一面，有一块平板石，一丈多高，七八尺宽，有点像一扇大门。走进这扇门，我看见几堆隐隐约约闪着莹光的白骨，眼前一黑，当时就昏倒在地上了。

“不知过了多久，我才醒来。看见蓝蓝的天空，天空下有紫气缭绕的山峦，山峦中古树参天，百鸟争鸣。山与山之间，那些或大或小的草坪，像是缀满珠玉的绿地毯。无数野花——红的、蓝的、黄的、白的，高的、矮的，或孤芳自赏，或簇拥成团——与绿草交织共生，自由自在地生长着。

“这是一片宁静的世界，没有商贸经营的讨价还价，没有游人如织的热闹非凡，没有市井俗气的喧嚣嘈杂。人们生活在大自然的恩赐中。”

围在他身边的乡亲们听到这里，叽叽喳喳地议论起来。有的说，我才不信呢！有的说，我半信半疑。有的说，信不信由你。

第三十章

清江渡口的刘总办与从汉口乘船而来的何工头，正蹲在临时搭建的测绘棚里比对着川鄂古盐道的改道图纸。胡刚蹲在柴火堆旁，望着案头摇曳的油灯苗，突然听见远处山腰传来一声悠长的呜咽——那是炮队在炸山。

兰儿听说这件事后，主动请缨探访，结果认出对方是师兄胡刚，兰儿拉着亚军的手走上前去与师兄紧紧拥抱。历经磨难，兄弟重逢，相逢一笑泯恩仇。多年过去，他们三个同命相连的孩子，如今在八面山久别重逢。

夫妻俩邀请胡刚一起回家。很快，兰儿就张罗出来了一桌好菜。席间，他们把酒问长道短，他们笑谈人生际遇。

胡刚呷了口酒，看了看兰儿和亚军笑道：“我来黔江不久，就听人说起过，八面山出了个仁慈好施、惩恶扬善、抱打不平、见义勇为的女侠。还说你们夫妇俩办学堂，为乡亲们做了不少好事。”

兰儿接过话题,赞叹胡刚他们修路是件造福乡亲的大好事。

说到这儿，亚军给胡刚斟满酒，说：“师兄，你的义举我们早有耳闻，真是让人从心里佩服和高兴。

“救下你们后，我就改名胡可，并整容化装，来到黔江。其间，曾多次想上八面山拜望你们，无奈事务繁杂，抽不开身，还望师弟、师妹见谅！”

“师兄，不要见外！我们应该感谢你才是，当初要不是你暗中相助，哪有我们的今天？”

“我这次来，主要是为了修通八面山周围的路，当我看到你们办学校，教孩子们读书识字学文化，我更加坚定了这个念头。你们所做的一切，也是在为大家谋利益和幸福。”

“谢谢师兄！你用得着我们的时候，我们一定会全力支持，绝不说二话！”

胡可听到这儿，伸出大拇指：“好！好！好！”

兰儿了解到，胡可这些年在外闯荡，并未成家。她想到桂花，有意撮合两人。在兰儿眼里，桂花优雅端庄，心性开朗，淳朴善良，勤劳持家，她要是生在城里的书香人家，算得上一等一的闺秀。她不认识胡可，更不了解胡可。“不认识、不了解不是问题，找机会创造条件让他们认识，不就行了吗？”兰儿想着。

“她肯嫁给胡可吗？想来不会不肯。”八面山上像胡可这样的人少之又少，桂花定会被他吸引。

兰儿决定为桂花和胡可牵线搭桥。俗话说“有缘千里来相会，无缘对面不相识”。兰儿夫妇带着胡可去桂花家，老远就听见桂花在唱念郎调：

韭菜开花细绒绒，
有心恋郎不怕苦。
只要两个情义好，
冷水泡茶慢慢浓。

胡可走南闯北，见多识广，却从未听过这天籁般的嗓音。她的歌声，有如泉水叮咚，有如燕儿呢喃。这些世代相传的原生态山歌，情真而意切，率真而坦然，质朴而奔放，蕴含着浓浓的生活情趣和独有的地域特色。

尤其是这首，更是撩拨着他的心：

郎在外面唱一首逗情歌，

妹在房中慢吞吞一梭一梭织绫罗。

你是哪里来的飘飘遥遥的男子汉？

唱得我巴肝巴肺巴皮巴肉巴骨头。

我的哥哥喂！

唱得我脚软手软踩不得踏板织不得绫罗，

眼泪汪汪肚中落！

这首歌，唱得胡可的心“咚咚咚”越跳越快，唱得胡可脚软骨酥迈不开腿。

夜幕像一床看不见摸不着的黑绸，悄无声息地笼罩下来，让人感到说不出的恬静和神秘。

这天晚上，胡可躺在桂花整理出来的木板床上，如同注射了兴奋剂，久久不能入睡，心想：“兰儿师妹说得没错，桂花确实是一个惹人喜爱的姑娘。她心地善良、性情开朗、纯朴勤劳，尤其是那双纯净无瑕的眼睛，不禁让人一见钟情。能娶她做老婆，真的是上天给的福气。”

这次，胡可受命到八面山一带修路，不仅在兰儿和亚军的牵线搭桥下与桂花姑娘结了姻缘，而且还结识了古镇镇长、铜商号老板、山中影等好汉，为以后的修路建设增添了不少人气。

兰儿夫妇手捧八面山的修路设计图，越发下定决心把铜商号的生意做大，以便为修路建设筹措更多资金。这同样也是建设乡村的一部分。

在兰儿和众人的不懈努力下，这条被寄予厚望的道路终于修好了。八面山的青石板路，宛如一条蜿蜒的巨龙，盘亘在崇山峻岭之间。新修的道路宽阔平坦，路面上铺着的青石板，经过工人们的精心打磨，显得格外光滑平整。道路两旁的风景也美不胜收，山花烂漫，绿树成荫，为过往的行人遮风挡雨。

借着新修的这条道路，八面山的农作物、商品等货物得以顺利地运往山外，外界的物产也源源不断地运进山里来。从八面山里运出的商品，因为质量上乘，受到了山外商人们的青睐，供不应求。八面山的集市越发地热闹起来，各地的商人们纷至沓来，他们带来了各种各样的货物，让人目不暇接。

道路修好后的八面山，商铺林立，热闹非凡。酒馆、客栈、当铺、布庄应有尽有，人来人往，好不热闹。大家的日子也逐渐富足起来，他们的脸上洋溢着幸福的笑容。他们时不时还在广场前载歌载舞，欢庆着八面山的繁荣。

而这条道路，也成为了八面山与外界沟通的桥梁，让八面山逐渐走向了繁荣昌盛。

第三十一章

八面山的晨雾像往常一样散去，兰儿站在山顶，俯瞰山下熙熙攘攘的集镇，内心涌动着难以言喻的情感。这些年的辛勤汗水，早已将这片荒芜的山岭，雕琢成了生机勃勃的幸福之地。

兰儿初到八面山时，这里人们靠天吃饭，生活困苦。但兰儿凭借坚韧不拔的毅力，带领村民们修路通商。说到教育，兰儿更是把心都掏出来了。她心里跟明镜似的，知道知识是改变孩子们命运的唯一出路。

为了给孩子们一个像样的学习环境，兰儿把自己挣的钱，一股脑儿投到学校建设上。课程设置上，兰儿也没马虎，她结合山里的实际情况，加了一些实用技能课，比如简单的算术、农业知识和基础的手工艺，让孩子们学了就能用上。

兰儿的努力，就像春雨润物无声，渐渐有了回报。孩子们原本对学习提不起兴趣，可在兰儿的引导下，他们开始热爱学习，成绩也有了显著提升。那些曾经连自己名字都不会写的孩子，如今已经能阅读简单的书籍，解决生活中的实际问题了。

兰儿不仅是教书的先生，更是孩子们人生的引路人。

有一天傍晚，兰儿把孩子们拢在教室里，借着油灯的光亮，给孩子们讲起做人的道理："娃儿们，读书识字是为了啥？是为了让你们走出去，见世面，长本事。出去了，可不能忘了本，不能光想着自己。人活一世，要懂得感恩，懂得回馈家乡，懂得帮衬身边的人。八面山养育了我们，我们富了，也不能忘了这里。要像山上的竹子，根连着根，枝连着枝，一起往上长。不管是出去打工，还是做买卖，都要耿直，不能坑人。坑人一时爽，但迟早会吃大亏。你们记着，做人要像山里的泉水，清清亮亮，让人一眼就能瞧出是正经人家的娃。"

"兰儿老师，你说的这些，我懂了。"一个大眼睛的男孩举起了手，“就是在外面不能丢了八面山的脸，对不？”

“对喽！”兰儿笑着点头，眼神里满是赞许，“不管走到哪儿，都要让人一提到八面山的人就竖大拇指。你们能做到不？”孩子们齐声回答：“能！”那声音，在小小的教室里，撞出一片希望的回响。

兰儿听了，心里一阵暖流涌过。她知道自己种下的，不只是知识的种子，更是做人的根。只要孩子们记住了这些，就算将来走到山外，也能堂堂正正地做人。

时光飞逝，经过兰儿和村民们多年的不懈努力，八面山终于有了一批批走出大山的孩子。他们在外面的世界找到了自己的位置，有的成为工人，有的成为商人，有的甚至成为教书育人的老师。

而当这些孩子取得成就后，他们也没忘记家乡，纷纷回到八面山，为家乡的建设贡献力量。他们带来了外面的先进技术和理念，彻底改变了这个曾经偏僻荒芜的小山村。

三十载光阴流转，八面山越发繁荣昌盛，乡亲们生活富足，孩子们在学校里诵读诗书。兰儿成了八面山的传奇，她的故事被大家口口相传，永不褪色。